Alissa Walser
Immer ich

PIPER

Zu diesem Buch

»Alissa Walser hat ein feines Gespür für die subtilen Spannungen und Abgründe zwischen den Geschlechtern«, schrieb die Berliner Zeitung. Und so ist es wohl das Hin und Her zwischen Mann und Frau, der ewig aussichtlose Versuch, ohne abzustürzen auf dem Seil zum jeweils Andern hin- und herüberzutanzen, der »Immer ich« so aufregend macht. Ob vier Menschen in Brooklyn versuchen, Weihnachten mit einem verstimmten Klavier zu feiern, oder eine Frau den Mann, den sie begehrt, ins Pornokino schickt – filigran schleift Alissa Walser ihre Diamanten, bis deren Facetten in tragisch-komischen Momenten aufleuchten, bis die Geschichten ihre Geschichte preisgeben. Als Meisterin der Kurzform gelingt ihr so eine Komposition, in der jedes Duett zum Duell wird und jedes Duell zum Duett – einer Sprache zur Feier, in der wir uns lebendig und der Welt verbunden fühlen.

Alissa Walser, geboren 1961, lebt und arbeitet als Autorin, Übersetzerin und Malerin in Frankfurt am Main. Von ihr erschienen bislang die beiden Erzählungsbände »Dies ist nicht meine ganze Geschichte« (1994) und »Die kleinere Hälfte der Welt« (2000). Zuletzt veröffentlichte sie den Roman »Am Anfang war die Nacht Musik«, für den ihr der Spycher Literaturpreis Leuk 2010 zugesprochen wurde.

Alissa Walser

Immer ich

Erzählung

Piper München Zürich

Mehr über unsere Autoren und Bücher:
www.piper.de

Von Alissa Walser liegen bei Piper vor:
Am Anfang war die Nacht Musik
Dies ist nicht meine ganze Geschichte

MIX
Papier aus verantwortungsvollen Quellen
FSC® C083411
FSC
www.fsc.org

Ungekürzte Taschenbuchausgabe
Juli 2012

Umschlaggestaltung: semper smile, München,
nach einem Entwurf von Fagott, Ffm
Umschlagabbildung: Alissa Walser
Satz: Fagott, Ffm
Gesetzt aus der Adobe Jenson
Papier: Munken Print von Arctic Paper Munkedals AB, Schweden
Druck und Bindung: CPI – Clausen & Bosse, Leck
Printed in Germany ISBN 978-3-492-27473-9

Dein ist sie nicht
(tut mir leid, es zu sagen)
die erzählte Geschichte.

Anne Carson

Immer ich

Er blickt zu mir herauf. Er wird der erste Tote meines Lebens sein, aber das weiß ich noch nicht. Ich weiß, in seinem Herzen steckt eine Kugel, und wundere mich, dass man mit einer Kugel im Herzen leben kann. Ich kenne niemanden sonst mit einer Kugel im Herzen. Und weiß auch nicht, wie sie dahin gekommen ist.

Später, wenn es mir meine Mutter, während sie dreckiges Geschirr abspült und in die Maschine sortiert, verraten wird, werde ich plötzlich spüren, wie es ist, ohne Kugel im Herzen zu leben. Vorerst muss es ein Geheimnis bleiben. Etwas zwischen ihr und ihm wie zwischen Christkind und Osterhase. Nicht groß, aber geheim.

In dem Alter, in dem ein Kind Schuhe binden lernt, war ich mit meiner Mutter, mit meinen Geschwistern, ohne meinen Vater und noch ohne, wir sagten Onkel zu ihm, Onkel Uwe in eine neue Wohnung gezogen. Eine große Wohnung. Eine Wohnung mit einem Zimmer mehr. Ein Zimmer mehr wie ein Gedeck zu viel auf dem gedeckten Tisch.

Inzwischen kniet er neben mir – in meiner Erinnerung. Ich sehe seinen Kopf von oben. Schütteres, streichholzkuppenkurzes, weißes Haar, das wie der Schaum am Strand auf seinen Speckfalten im Nacken ausläuft. In meiner Erinnerung ist sein Gesicht von Linien durchzogen wie ein Bewässerungssystem. Und wenn sein Mund lächelt, wird der ganze Kopf von seinem Lächeln geflutet. Er ähnelt einem Buddha. Die dicke Variante. Die dicke und alte Variante.

Er hat sich mein rechtes Bein zwischen die Knie geklemmt und zieht den Schnürsenkel fest, wo immer er ihn zu fassen bekommt. Unterste, zweitunterste und so weiter Öse meines lackroten Kinderstiefels. Größe 31. Er arbeitet.

Unten, sagt er, legt man den Finger drauf, da muss es straff bleiben.

Sieht einfach aus. Die losen Enden des Schnürsenkels werden nach oben automatisch kürzer. Hinter den letzten Ösen hält er sie wie Zügel, zieht und zieht. Zieht mein Bein mit hoch, und ich verliere das Gleichgewicht. Wir lachen, als er mich auffängt.

Stehen bleiben, sagt er. Stellt mich wieder auf die Beine, drückt meinen Fuß auf den Boden und zaubert direkt unterhalb meines Knies eine schöne, symmetrische Schleife.

So, sagt er. Und jetzt du.

Ich fädele den Senkel durch die untersten Ösen des linken Stiefels. Zerre an den Enden.

Zieh doch, zieh, sagt er.

Ich kippe, er fängt mich.

Es funktioniert nicht. Geht nicht, sage ich.

Immer ich sagen, sagt er.

Vielleicht geht's anders, sage ich.

Na, dann zeig mir doch wie.

Ich fädele den Schnürsenkel locker von oben nach unten und über Kreuz wieder hoch. Bis zur Wade etwa, und beginne zu ziehen. Links geht es leicht. Rechts rührt sich nichts. Um die Wade liegt der Schaft einigermaßen eng an. In Knöchelhöhe ragt der Schnürsenkel als lose Schlinge über die lederne Zunge hinaus.

Hm, sagt er und, Ob es so halten wird?

Man braucht halt Kraft, sage ich.

Immer ich sagen, sagt er. Und wenn ich mich richtig erinnere, verwandelte er die Geste seines sich ansatzweise zwischen uns aufrichtenden Zeigefingers unauffällig in ein etwas verlegenes Augenwinkelauswischen.

Meine Mutter hat, keiner weiß, warum, wieder mal Kalbsvögel gekocht.

Schon die Wortkombination ist unverdaulich. Das kann man nicht essen. Pfui Teufel.

Immer ich sagen, lächelt Onkel Uwe und wartet, die Gabel mit einem abgeschnittenen Stück, in dessen Mitte ein weinendes Speckauge glänzt, vor dem offenen Mund, dass ich mich korrigiere.

Kann man trotzdem nicht essen, den Fraß, zitiere ich, ohne ihn zu verraten, meinen Bruder, der es hinter vorgehaltener Hand wenigstens gleich beim richtigen Namen nannte: Kann man nicht fressen, das Aas.

Ich schon, verkündet Onkel Uwe, wenn du mit »man« auch mich meinst.

Onkel Uwe, diese Verkörperung der Abwesenheit meines leiblichen Vaters, war ein freundliches, schwammiges

Wesen, das uns Kinder gelten ließ. Ich mochte ihn, aber er zählte nicht. Und wenn eines der Kinder krank war, kümmerte er sich mit Kräutertee und kalten Wickeln. Das ganze selbstlose Programm. Das Hand auf die Stirn legen, das Fieber messen.

Und die Zeit kreist um sich selbst. Wie die Kugel in seinem Herzen. Ich halte die Luft an. Und die Zeit bleibt stehen. Das Essen wird kalt, das Loch immer größer. Ich denke, das Loch in seinem Herzen, das die Kugel einschließt, ist auch nur eine Kugel.

Irgendwann sinkt seine Gabel auf den Teller. Ich atme wieder. Ich weiß nicht, ob ein oder aus. Alle schauen auf ihre Teller und kauen. Nur ich schlucke, ohne zu kauen, laut und deutlich.

Mädchen namens Debbie

Mein Baby hat einen Tinnitus, sagt er. Sie wünscht sich ein Klavier.

Auf jeden Fall besser als ein Klavier haben und sich einen Tinnitus wünschen, denke ich, und da räuspert er sich und setzt noch eins drauf: Mein Baby ist eine Renaissance-Frau. Sie wünscht es sich zu Weihnachten.

Brooklyn bringe ich eher mit Verbrechen in Verbindung, sage ich, als mit Weihnachten und Musik.

Ach wirklich, sagt er und schaut auf die Uhr.

Ja, sage ich. Mit Dunkelmännern und Voodoozauber im Prospect Park und in den Statistiken.

Die alten Klischees, sagt er.

Und ich sage, Dein Baby glaubt doch nicht wirklich, dass sie ein Klavier kriegt, oder?

Wie meinst du das, sagt er.

Ich meine, sage ich, um acht ist Bescherung. Wo willst du denn jetzt noch ein Klavier auftreiben?

Wait and see and hope to see it.

Den ganzen Nachmittag hatte ich gerätselt, was mit diesem Mädchen los war. Sie hatte, als wir die Treppe raufstiegen, neben ihm in der offenen Tür gestanden und zu uns herabgeschaut. Jeff, beladen mit einem Riesenpaket, und ich –

links den Campari, rechts freie Hand – hüpfte hinterher. Sie hielt eine Kamera vor ihrem Gesicht. Sie suchte und knipste. Eine blond gefärbte Jackie O. im selbst entfachten Blitzgewitter. Schaffte sie Rummel um sich, weil keiner sonst es tat?

Weihnachten 1990. Brooklyn. Diese Wohnung. *7th Ave. Appt.3C. Brownstone, top floor, bay windows.* Ecke 15te Straße. Die Grenze zwischen Gut und Böse verläuft irgendwo zwischen Küche und Schlafzimmer. Man blickt über die Straße in die schlechte Gegend. Von dort blickt nichts zurück. Vernagelte Haustüren, vermauerte Fenster. Brandflecken und Graffiti.

Jeff stieg keuchend und arschwackelnd vor mir her, und dieses Mädchen schaute von oben zu. Ich weiß noch, wie ich bei jedem Blitz dachte, die schießt auf uns, die wehrt sich, die will uns nicht reinlassen. Und wie ihr Freund sich auf die Schenkel schlug und sagte, Ich fass es nicht. Er hat sie. Jeff, he Alter, du hast sie!

Im ersten Moment dachte ich, er rede von mir, aber er meinte das überdimensionierte Paket, von dem alle wussten, was drin war. Wir hätten uns das Einpacken sparen können. Aber auch Jeff neigt zu Klischees: Verpackung vergrößere die Vorfreude. Und beim Schenken gehe es doch hauptsächlich ums Auspacken. Das Zuendebringen eines Wunsches. In dem Moment, in dem man das Gewünschte plötzlich sieht.

Im Moment sah er nichts, denn er trug das Riesen-Paket vor sich her, die Stirn an den Karton gepresst. Ich dicht hinter ihm. Sein Parka roch nach Schnee. Kann das sein?

Oben übergab Jeff das Paket an seinen besten Freund. Geschenke statt Küsse. Dann drehte er sich um.

And this is the German woman I thought you wanted to meet … Nina, sagte er. Seine Hand schlug Haken zwischen ihr und mir. Meinte er jetzt sie oder mich?

Sie schleuderte mir Blitze ins Gesicht, bis ihr Freund mich rettete.

He, mach sie nicht blind, sagte er. Sie hörte auf. Es war das einzige Mal, dass ich sie lächeln sah. O Gott, hoffentlich irrte Jeff sich nicht. Überall auf der Welt geht sich Deutsch und Deutsch aus dem Weg. Ist doch bekannt. Seit dem Untergang des Tausendjährigen Reichs arrangiert es sich – mal mehr, mal weniger – wie Hund und Katz. Nur Jeff (geboren in Maine, aufgewachsen in Brooklyn) weiß nichts davon, dachte ich, als wir uns aus den Jacken wanden.

Die Männer verschwanden rechts, Nina links. Ich ihr nach in die Küche, diesen Schlauch nach hinten mit Blick auf schwarzes Dachpappeland. Wassertürme, Gärten, Balkone, Bäume. Ich lernte Brooklyn neu kennen. Weit in der Ferne ein Streifen helles Wasser. Dahinter die Zwillingstürme (o ja, sie standen), wie eine römische Zwei, dabei winzig und zart und farblos wie ungekochte Shrimps. Nicht auszumachen, ob sie Wasser spiegelten oder Himmel.

Nina versuchte im Kühlschrank Platz zu schaffen. Ich sah zu, über einen Stapel Alu-Grillschalen hinweg, über ein Päckchen Hormonpillen, über den Toaster und ein paar Dosen Katzenfutter, über zwei braune, mit Milch und Früchten gefüllte Grand-Union-Tüten.

Jemand verschätzt sich hier andauernd, sagte Nina und fing an einzuräumen. Ständig bringt irgendwer was mit. Zu viel Zeugs, zu viele Geschenke, zu viele Dinge.

Quetschmassen wie meinen Frauen-Körper, den ich inzwischen schlechten Gewissens versuchte den Ausmaßen des Küchen-Klappstuhls (vierzig auf vierzig) anzupassen. Aber Arme und Beine standen über, immer stand irgendetwas über.

Du meinst mich, sagte ich. Ich bin das Mitbringsel. Diesmal, meinst du, hat Jeff sich verschätzt.

Nina schaute überrascht auf, sagte, Immer alles gleich auf sich beziehen. Ist nicht gesund, macht unglücklich. Dir, fügte sie hinzu, muss ich doch dankbar sein. Du hast doch nichts mitgebracht, oder? Sie lachte. Und dann schwieg sie eine Weile, und ich redete. Na ja, ein paar Sätze hat sie noch gesagt. Drei oder vier vielleicht. Aber gelacht hat sie nicht mehr. Und ich habe versucht, sie umzustimmen. Ausgerechnet ich. Selber ständig auf der Suche nach was zum Lachen. Jeden Satz check ich ab nach dem lächerlichen Kernchen, Pünktchen, Fünkchen. Findet man doch in allem, wenn man will. Aber Nina wollte nicht. Sie hatte sich zu mir an den Tisch gesetzt und ließ mich Sätze sagen wie: Ich will mit netten Leuten durch die Welt ziehen. Gleichgültig auf welchem Kontinent. Nur nie Wurzeln schlagen, und nie was kappen müssen. Oder vielleicht doch. Genau das: Sesshaft werden. Und vielleicht klingt das ja paradox. Dass ich mich gerade in diesem wurzellosen Gedanken so heimisch fühle. So blühend.

Aufschreiben würde ich solche Sätze nie. Aber wenn ich rede, passieren sie schon mal, weil ich grenzenloses Reden nicht gewohnt bin. Wer mehr als eine Schwester hat, kennt das nicht. Denn mit mehr als einer Schwester bekommt man normalerweise keinen Satz zu Ende, ohne dass jemand den in sein eigenes Ding verstrickt.

In den wenigen Selbsthilfegruppen, in die ich schon reingeschnuppert hatte – zwecks Bewältigung von Fress-, Sex-, Rede-, Zigaretten-, Gefall- oder TV-Sucht –, gab es zwar keine Schwestern, die mich ausbremsten, aber doch wenigstens Eieruhren.

Nina schwieg. Und ich kam in Fahrt.

Bei Jeff, sagte ich, fühle ich mich sicher. Er ist Elektriker in der New School, und eigentlich Künstler (Dichter, Feuerschlucker). Und tagsüber trägt er Uniform, dunkelblaue Hose, hellblaues Hemd, hundert Prozent Polyester. Seit ich ihn kenne, ist dieses Land, diese Stadt vor mir aufgegangen wie eine Sonne. Wie diese Muschel, die ich als Kind abends in ein Glas Wasser gelegt habe. Damit über Nacht eine Blume herauswachse und sich am nächsten Morgen im Wasser wiege. Ein irre fragiles rosa Blütchen. Und eine Flagge. Eine amerikanische.

Wie die bei der Passkontrolle bei meiner Ankunft in Amherst.

Awfully cute smile, hat der uniformierte Schwarze zu meinem Passfoto gesagt, bevor er den Stempel knallen ließ. Ich fühlte mich sofort eingelassen in dieses Land. Und später dann Jeff. Und ich fühlte mich doppelt eingelassen.

Ich hatte nach der Elf-Uhr-Klasse in der Cafeteria der New School gesessen, als dieser Junge in Uniform direkt von der Kasse zu mir rübergrüßte, sich setzte, sein Truthahnsandwich wie einen Anker auf mein kleines schwarzes Tablett warf, auf dem bisher ein einzelner weißer Plastikbecher Kaffee stand, und all das so selbstverständlich, so ohne jedes Zögern, als sei der dünne Kaffee und das dünne Truthahnsandwich eine ganze, vollständige, komplette, Tag und Nacht stillende Mahlzeit. Und mir fiel auf, dass ich Hunger hatte. Ich ging zur Theke, holte mir ein Sandwich mit Munsterkäse und warf es zu dem, was zwischen uns stand. Sah fast schon malerisch üppig aus, wenn man sich die Plastikfolien wegdachte.

Wir begannen zu essen. Und jeder ließ den andern kosten. Und beiden schmeckte es. Mir sein Truthahn, ihm mein Käse. Als die Zeit um war, lud er mich wie selbstverständlich zu seinem Auftritt am Abend ein, und ich sagte selbstverständlich zu. Die Stadt musste ja erobert werden, auch wenn ich das nicht so meine, wie es klingt. Ich meine, die äußere Stadt sollte eine innere werden. Ich ging hin, obwohl ich mir aus Alleinunterhaltern nichts mache. Seither verbringe ich alle Zeit mit Jeff.

Abends kaufen wir zusammen ein, und dann, während er kocht, schaue ich fern. Archie Bunker, Gilligan's Island – alles Mögliche –, würde ich zu Hause nie. Nach dem Essen liegen wir zusammen im Bett. Jeff hat eine Fernbedienung gebaut oder umgebaut, so eine Art Wunderkästchen fürs Wohnzimmer. Es kann Lichter dimmen, die Lautstärke der

Musik regeln, den Ventilator und die Kaffeemaschine an- und die Klingel ausschalten.

Wir lesen und reden, schlafen miteinander, lesen, dösen, reden, trinken Tee, schlafen miteinander. Oder er schreibt, das heißt, er murmelt seine Verse auf Band, seine Notizen. Manchmal, mitten im Gespräch mit mir, hält er sich das kleine Mikrofon vor den Mund. Und ich merke mir die Sätze, die er in die Maschine spricht. Genauso, wenn er am Telefon spricht. Ich will ja nicht zuhören, wenn er telefoniert, sagte ich zu Nina, aber im Gegensatz zu Augen tun Ohren, was sie wollen. Je weniger ich zuhören will, desto genauer höre ich zu. Als seien Mikrofon und Telefonhörer die Mundstücke eines inneren Rekorders. So bleiben ausgerechnet die Sätze, die er aufschreiben wird, an mir hängen.

Das weiß er nicht, sagte ich. Aber es stört mich. Was ich im Kopf habe, landet in meinen Texten. Aber ich will doch seine Sätze nicht in meinen Texten. Deshalb habe ich jetzt ein Notizbuch angelegt und mehrere Rubriken. Die erste heißt: Was ich vermissen werde, wenn ich tot bin. Und der erste Satz heißt: *Ich mag das Samtige am männlichen Geschlecht, am weiblichen das Seidige.*

Und unter Jeffs Sätze steht: *Mein Bett (Mein Bett!) ist die Kommandozentrale der Wohnung.* Oder: *Von hier aus ist alles zu bedienen. Und wenn ich sage, Alles, dann meine ich ALLES.*

Dann, sagte ich zu Nina, liegt er neben mir, drückt auf Pause, dreht uns eine Tüte aus gutem Gras und schlechtem

Tabak, zwirbelt sie wie ein Ziegenbärtchen, zündet sie an wie eine Wunderkerze, drückt noch mal Pause, eh er weiterspricht. Von einem Edward, einem de Vere, einem Grafen und Theaterzensor, einem Anonymus und Windhund, der die Stücke Shakespeares geschrieben habe. Kaum jemand weiß das, sagt er. Jeff will, dass alle alles wissen.

Mein zweiter Name, spricht er ins Mikrofon, *ist Lawrence. Groß L-A-W. Wie das Recht. Und Gerechtigkeit wird bei mir großgeschrieben.* Und: *Wer mich verbiegen will, muss mich lieben.*

Ehrlich gesagt, habe ich eine Schwäche für solche Sätze. Oder für Leute, die sie sagen. Ich mag Leute, die das Unmögliche versuchen. Und ich möchte es gern glauben. Aber ich suche nicht nur in allem das Komische, sondern auch die Lüge. Das Kernchen, Fünkchen, Pünktchen Lüge, sagte ich.

Wenn Jeff telefoniert, verrät mir seine Stimme, mit wem. Meistens mit dem, den er seinen besten Freund nennt. Dein Freund Matt, sagte ich zu Nina.

Dann tauscht Jeff das Mikrofon gegen einen Warenhaus-Katalog und fängt an zu blättern. Wahrscheinlich blättert Matt am andern Ende synchron im gleichen Heft.

Und du, sagte ich, liegst wahrscheinlich daneben, wie ich, und hörst mit. Sie sah mir eine Weile beim Schweigen zu, doch als ich weiterreden wollte, murmelte sie, So weit kommt's noch.

Zwischen Jeff und Matt geht es um die Dinge, die keiner braucht, weil jeder sie schon hat. Alle paar Wochen kommen sie in neuer, verbesserter Form auf den Markt. Walkmen, Telefone, Camcorder, Anrufbeantworter. Manchmal geht es auch um Filme. Und um die New School. Die Arbeit. Oder um Frauen. Und immer wieder: Um ein Mädchen namens Debbie. Wenigstens einmal pro Telefonat fällt ihr Name. Debbie. Einen Satz über Debbie habe ich behalten. *Debbie is Debbie,* lautet er. Und: *Debbie gives great fucks.* Oder, *Vergiss es, Debbie ist radikal, sie lässt sich nicht ein, wenn nicht alles klar ist.* Darin ist diese Debbie wohl das genaue Gegenteil von mir. Je weniger klar etwas ist, desto spannender finde ich es. Unverständliche Menschen statte ich mit den Eigenschaften von Sternen aus, und dann versuche ich, mich in ihnen zu spiegeln. Und dann will ich sie auch noch verstehen. Und je mehr ich sie verstehe, desto deutlicher sehe ich mich im Spiegel. Am Ende sehe ich nur noch mich im Spiegel, und ich frage mich, wohin mein Gegenüber verschwunden ist. Ich vermisse es. Und warum bleibe immer ich übrig?

Da mein Aufenthalt in N.Y. begrenzt ist, gehe ich davon aus, dass Jeff und ich dieses Stadium nie erreichen werden. Ich verstehe Jeff nicht. Er glänzt wie das Feuer, das ihm bei seinen Auftritten aus dem Mund lodert.

Als ich ihn an jenem ersten Abend auftreten sah, verliebte ich mich sofort. Sein nackter und zum Hinfassen sanfter Oberkörper. Sanft wie sein Blick. Und sein störrisches Haar, das sich im Nacken bauscht und ihm, wenn er den Kopf nach hinten legt und auf die Knie sinkt, über den Rücken hinabfällt.

Erst zu Hause, bei ihm in der Wohnung, bemerkte ich auf seiner Haut die Rußflecken, das verbrannte Haar und den Petroleumgeruch. So riecht er nach jedem Auftritt: versengt, versehrt, unwiderstehlich. Unverständlich.

Wenn er einschläft, nehme ich die Fernbedienung und schalte damit all die über die Wohnung verteilten elektrischen Geräte aus. Dann wird es dunkel im Zimmer, die Stand-by-Nacht senkt sich herab. Und über die ganze Wohnung verteilt leuchten rote Lämpchen.

Manchmal kann ich nicht einschlafen, weil sich eines direkt vor dem Bett befindet. Schaut man hin, verliert man die Orientierung. Unmöglich, zu sagen, wie weit es enfernt ist. Es könnte ein Befeuerungslicht sein, und wir, wir schweben weit oben drüber hinweg.

Und so, wie manche abends die Fensterläden schließen, streife ich dann Jeff die verschiedenfarbigen Gummibänder aus dem Haar.

Tagsüber bei seinem Job muss er das Haar straff zurückbinden. Nachts soll es sich ausbreiten dürfen. Und als habe es nur darauf gewartet, schnellt es auseinander wie ein lange festgebundenes Tier und fällt ihm um die Schultern.

Wie bei Samson, sagte ich zu Nina, und sie nickte wenigstens. Und ich fügte rasch hinzu: Oder wie das, was mir vorschwebt, wenn ich *Rauschgoldengel* sage. Sie nickte nicht mehr und stellte auch keine Frage. Vielleicht lauschte sie ihren Ohrgeräuschen, irgendein Instinkt riet mir, nicht nachzufragen. Ich redete einfach weiter, als wäre Nina ein normales Mädchen mit normaler Wissbegier.

Ich bin nach Amerika gereist, um das, was in Deutschland noch nicht möglich war, zu lernen. Ich besuche einen Kurs, Comp. I, deswegen bin ich hier. Und komme mir vor, als sei ich in meine eigene Zukunft gereist. Ohne älter geworden zu sein.

Aber seit ich hier bin, weiß ich, dass ich in New York zu Hause sein will. Dafür nehme ich die Schulstunden in Kauf. Sitze in diesem immer unterkühlten Raum, vor diesen großen Kästen, die etwa so grau-grün sind wie DDR-Städte im Farbfernsehen. Kästen, die das Schnellste sind, was es im Moment gibt, aber schwer und massig wie Dinosaurier und immer IBM-kompatibel. Und seit ich hier bin, melden sich uralte Wünsche zurück, und mir fällt ein, was ich immer schon tun wollte.

Singen. Aber es ist schon Ende Dezember, und ich habe noch keinen Gesangslehrer gefunden, sagte ich. Und Nina stand auf und fing an, die Dinge in der Küche umzuräumen. Als ginge es darum, ihnen die Regeln des Spiels »Reise nach Jerusalem« abzuringen.

Dabei wimmelt diese Stadt doch vor Gesangslehrern – oder? sagte ich, während sie mit fahrigen Bewegungen einen Packen Schnipsgummis in eine offene Schublade warf.

Sie kippte Gewürze aus Tütchen in Gläser, warf zig leere Hüllen weg und meinte schließlich, Geh doch lieber ins Bodybuilding.

Sie klang gar nicht gut. Sie klang leise und heiser. Wie kurz vor der Auflösung. In einen Tränenguss.

Schwach, dachte ich. Und wie jede Schwache, Unterlegene stieß sie mich ab und zog mich an. Wie sie die Schubladen aufriss, Besteck hineinwarf, Löffel zu Löffel, Gabel zu Gabel, und ein Messer aus dem Gabelbett fischte, es zu den Messern knallte. Irgendetwas trieb sie, ließ ihr keine Ruhe, und das Geschepper füllte die Küche wie Wörter eine Denkblase.

Ich weiß zwar nicht, was Jeff denkt, aber ich denke, Jeff ist vorübergehend. Zeitlich begrenzt wie meine Aufenthaltsgenehmigung, sagte ich und fügte schnell hinzu: Aber gerade deshalb kann ich mir vorstellen, wie wir zusammen alt werden. Uralt. Im Sommer mit Sonnenbrille und Shorts. Im Winter mit Sonnenbrille und Pelz. Im Sommer sehen wir uns ähnlich: oben der Kopf, geschlechtslose Molligkeit in der Mitte, unten dünne Stöckchen. Im Winter übernehmen wir Statur und Geschlecht des Pelztiers, das wir tragen: Der aufgeplusterte Fuchs (ich) und Jeff (der Bär). Je weniger Zeit bleibt, desto weiter lässt es sich in die Zukunft denken, sagte ich. Das ist so ein Prinzip, sagte ich, und Nina hatte mich unterbrochen und, eher teilnahmslos, gefragt, ob ich auch eine eigene Bleibe hätte.

Ich habe ein Zimmer gemietet im YMCA, sagte ich. Auf dem vierzehnten Stock, direkt neben der Tag und Nacht blinkenden Neonschrift. Ich nutze das Zimmer eigentlich nicht, aber ich geb es auch nicht auf. Ich würde keinen Cent zurückbekommen.

Heißt das, unterbrach sie, es steht leer?

Nein, nein, sagte ich hastig, mein Koffer wohnt dort. Und ab und zu besuche ich ihn. Jedesmal wenn ich aus dem Aufzug steige, schläft der Security Guard, der das Stockwerk bewacht. Wach gibt es ihn nicht.

Dass ich immer stehen bleibe und ihn anschaue, sage ich nicht. Wie oft hat man schon die Gelegenheit, das Gesicht eines schlafenden schwarzen Mannes aus der Nähe zu studieren. Ohne dass es einem peinlich sein müsste, wenn er überraschend aufwacht. Höchstens ihm muss es peinlich sein. Er hat ja geschlafen. Und ist dabei ertappt worden. Also muss nicht ich mir vor lauter Peinlichkeit die Hände in die Hosentaschen schieben, sondern er.

Ich schleiche an ihm vorbei, sagte ich, durch den langen Gang. Kurz vor Ende geht's links: Nummer 1489. Mitten im Raum auf dem Boden mein Koffer. Durchs Fenster blinkt das rosa Licht des obersten Buchstabens Y (das mich anfangs nicht schlafen ließ), blinkt und blinkt, als wolle es meinen Koffer zum Tanzen animieren oder künstlich beatmen. Ich nehme frische Wäsche aus dem Koffer und einen Apfel aus Europa. Den Apfel lasse ich auf dem Tisch liegen.

Beim nächsten Besuch hat er Runzeln bekommen. Ein kleiner Käfer stürzt unter ihm hervor. Schau, schau, Überlebenskünstler in Midtown Manhattan. Den Apfel schneide ich in Stücke, die ich auf dem Tisch auslege. Spende an die Käfer der Metropolen.

Mit der letzten frischen Wäsche fahre ich zurück nach Brooklyn. Steige Fort Hamilton aus, laufe Richtung Ocean Parkway. Halte an der roten Ampel, um in den Büscheln von Zetteln, die am Ampelmast kleben, einen Gesangslehrer zu suchen.

Gesucht, gefunden, abzugeben, Nachmieter, Sublets, Method Acting, Tantra, Rolfing, Schlangen, Yoga, Katzen, Shiatsu, Tische, Alexander Therapie, Echsen, Psychologen, Massagen, Workshops, Therapien, Tarot Readings. Die ganze Welt flattert am Ampelmast, warum nicht auch ein Gesangslehrer. Und nirgendwo auferstehen Wünsche schneller als in N.Y.C. Alte, lange mit herumgeschleppte Wünsche, die man schon für vertrocknet gehalten hat, saugen sich voll mit der Luft vom Meer, werden wieder jung und weich, pulsieren, schwellen, wollen leben. Leben oder platzen. Oder eins nach dem andern.

Und du, hatte ich Nina gefragt, was wünschst du dir? Da hatte sie jäh den Kopf weggedreht, den Arm gehoben und ihr Gesicht drangepresst, sodass ihr Platinhaar nach vorn fiel, genau über den Punkt, wo Gesicht auf Arm traf. Nichts sah ich, keine einzige Träne. Nicht den Ansatz einer Verzerrung. Nur ihren krampfartig durchgeschüttelten Glitzerpulli und das Weißblond ohne Gesicht zwischendrin. Nina war schlecht drauf. Richtig mies. Und ich, ich versuche jede noch so miese Stimmung sofort rumzureißen. Trösten ist Quatsch, bringt nichts. Weiß ich von meiner kleinen Schwester. Wenn sie verzweifelt ist, wozu sie ja neigt, komm ich ihr nicht mit Witzen. Eher mit dem Harmlosen, dem, was ich vermissen werde, wenn ich tot bin: Mich. Und sie. Nicht lange, und sie widerspricht. Und schon hat sie wieder Boden unter den Füßen.

Ich pflücke das Angebot von der Ampel – *Russian lady gives voice lessons.* Trenne das vorperforierte Eckchen vom Blatt ab, stecke es in die Hosentasche.

Ich übernachte bei Jeff, in seiner großen Wohnung in Kensington. Keine schöne Wohnung. Zu laut, zu dunkel, zu leer. Die Wände im Treppenhaus eine Farbe, die sich *institution green* nennt. Backsteinburgen voller alter Menschen, nach denen kein Hahn kräht. Die herabgelassenen Rollos halten die Nachbarschaft draußen. Jeff ist in dieser Gegend wie ein Farbtupfer in einem grau-grünen Bild. Er ist älter als ich. Aber wahnsinnig jung, sagte ich. Auch das eine Wirkung des Prinzips – du weißt schon. Es wirkt auf vielerlei Art: Seit ich Jeff kenne (seit drei Wochen), empfinde ich manche Leute, die mir zuvor als eine Gefahr erschienen, plötzlich als Teil eines harmonischen Bildes (z. B. den schlafenden Security Guard auf dem Stuhl neben dem Aufzug im YMCA).

Abend für Abend verlasse ich gemeinsam mit Jeff die New School. In der blauen Dämmerung laufen wir ein paar Blocks zu Beefsteak Charlie's hinüber und laden Berge von Shrimps auf unsere Teller. Wir verbringen die meiste Zeit mit Schälen und hinterlassen Berge von Schalen. Durchsichtige, biegsame Insektenpanzer. Unsere eisigen Finger sehen aus, als hätten wir zu lange gebadet. Wir trinken Sangria dazu, und alles andere ist unwichtig: Wie oft Jeff zum Buffet geht, wie sein Haar aussieht, ob er Mann ist oder Frau oder was wir nach dem Essen tun werden. Vielleicht zu dieser Kirche laufen, in der man tanzen kann? Oder Weihnachtsgeschenke kaufen bei Sears oder Electrical Whizz? Oder durch den Prospect Park wandern? Oder Leute besuchen? Jeffs Leute. Auch wenn er sie niemals unangemeldet besucht, nach dem Sangria reden wir, als sei es eine Möglichkeit.

Wollen wir Pete besuchen? Oder Mike (John – Brad – Stuart – Jill)?

Einmal sagt er auch, Wollen wir Debbie besuchen? Und der Name überrascht mich, weil sie von allen die ist, der ich zwar ein paar Sätze, aber kein Gesicht zuordnen kann. Die andern hab ich schon gesehen. Fast alles schwarz gekleidete Künstler verschiedenster Sparten, darunter ein zweiter Feuerschlucker und seine Freundin. Sechsundzwanzig Jahre lang habe ich keinen einzigen Feuerschlucker gekannt, und jetzt kenne ich auf einmal zwei!

Ich treffe Leute. Laufe durch ihre Wohnungen. Manche so groß, dass man darin Basketball spielen kann. Ich bin die, die in fremden Wohnungen sofort ans Fenster stürzt. Ich will hinausschauen, will wissen, wo ich bin. Ich steige hinter Fremden die Treppe zu einem Fest hinauf. Das ist besser als Lift fahren. Ich freunde mich an mit den Rücken, Beinen und Pos fremder Leute. Mit den psychedelischen Mustern ihrer Röcke, Hosen und High Heels. Ihren schimmernden Jacketts. Später, in der Tischrunde, habe ich dann immer schon ein paar alte Freunde.

Nina hatte inzwischen ihren Arm auf dem Tisch ausgestreckt, das Gesicht drauf abgelegt. Auf meine Frage, ob sie lieber allein sein wolle, hatte sie den Kopf geschüttelt.

Von Jeffs Wohnung aus, sagte ich, rufe ich die Russian Lady an. Sie wohnt in einem Teil von Brooklyn, den unsere U-Bahn nicht mal streift. Ich erfahre, dass die Nummer meines zukünftigen Gesangslehrers mit einer Sieben beginnen muss.

Irgendwann Ende November hatte Jeff verkündet, dieses Jahr wolle er mal richtig Weihnachten feiern.

Richtig?

Ja, sagt er. Mit Baum und Braten.

Die komplette Bühne also. Und mit wem?

Mit Matt, sagt er. Und mit seiner Freundin.

Ach, sage ich, Debbie?

Nein, sagt er und lacht, wie man über ein Kind lacht, das einen Witz erzählt, den es nicht versteht. Sie heißt Nina. *She's German.*

Hätte mich das stutzig machen sollen?

Den besten Freund meines Freundes stelle ich mir als Luxusversion der bisherigen vor. Schwarz gekleidet, blass, ein bisschen jünger und geheimnisvoller. Erfinderischer, witziger, verlässlicher. Direkter, cooler und ungewöhnlich treu. Alles in allem allen anderen überlegen. Die edlere Variante eben. Und noch dazu, der Gipfel jeden Gipfels: ein Amerikaner, was immer das sein mag, mit deutscher Freundin. Unvorstellbar.

Nina stand auf, nahm eine Pappschachtel vom Kühlschrank und stellte sie vor mich auf den Tisch. Die Schachtel war bunt und hatte auf der Stirnseite ein kleines Loch.

Drüber stand in fröhlicher Schrift: *Roach Motel. Roaches check in but they never check out.*

Dieses Mitbringsel müsste an die Wand, sagte sie. Im Moment wohnen sie noch alle in diesem Motel. Sie zeigte zur Küchenuhr, wo ein paar Käferchen den großen Zeiger entlangliefen. Ich begriff, dass es Schaben waren.

Mein Onkel Uwe, sagte Nina, hat immer Russen gesagt. Matt sagt German-, Japanese- und Cuban-Cockroaches. So ist das. Wo immer sie sich an Kriegen beteiligen, fangen die Amis sich Schaben ein.

Was passiert in dem Karton mit ihnen? sagte ich.

Keine Ahnung.

Sie schüttelte sich.

Sie wandern aus.

Sie begann, Orangen zu halbieren. Auf jeden Fall besser als Gas. Sie drückte die halbierten Orangen auf eine Presse, die sich zu drehen begann. Ein Geräusch wie von einer winzigen, wütenden, etwas cholerischen Kettensäge erfüllte die Küche. Ich bat um Tesafilm.

Krepp, sagte Nina. Rechts in der Durchreiche.

Die Krepprolle in der Hand, wagte ich mein Leben: Ich stieg auf den wackligen Küchentisch. Mit einem einfachen Kreuz aus Krepp klebte ich das Roach-Motel in Höhe der Küchenuhr an die Wand. Die Babys waren ins leise tickende Uhrgehäuse geflüchtet.

Erinnert an einen Donald Judd, sagte Nina. Oder Frank Stella. Oder … an einen dicken Verband. Als hättest du eine Wunde in der Wand verbunden. Sie wandte sich wieder den

Orangen zu. Die Saftpresse sei ein Geschenk von Matts Mutter. Letztes Jahr Ostern. Oder vorletztes? Dieses viele Zeugs kleistere das Zeitempfinden zu, sagte sie.

In diesem Moment verschob sich die Tonlage der Saftpresse um eine Quart nach unten. Sie erlahmte, stand still.

Macht nichts, sagte ich, Jeff repariert sie dir …

Aber Nina unterbrach, Ein Geschenk weniger. Sie kippte den Saft aus dem Behälter in eine Kanne, nahm das Gerät und drückte es in den Mülleimer, der sich nun nicht mehr schließen ließ.

Als wir einzogen, war die Wohnung groß und leer, sagte sie. Ich konnte atmen und denken. Allmählich wächst sie zu.

Ist doch schön hier, sagte ich.

Sie stutzte. Aha, sagte sie. Schön?! Schön ist gut. Wenn du mir nicht mehr zu dem Thema schenkst, bin ich glücklich. Schön verbraucht wenigstens keinen Platz.

Na ja, sagte ich, ich beneide dich …

Wie interessant, sagte sie genervt. Du weißt nicht, was du mit mir reden sollst. Sag doch einfach, was du zu sagen hast. Oder lass es. Wieso reden, wenn du nicht weißt, was?

Okay, sagte ich. Ich glaube, du hast ein deutsches Problem. *A German problem!* Es nervt dich, dass ich Deutsch spreche.

Als ich die Küche verließ, folgte mir ihre Stimme: Mimose.

Im Zimmer nebenan hingen ihre Senior-Thesis-Fotos. Mit Stecknadeln an die Wand gepinnte Selbstporträts. Ihr Hals, gefasst vom Kragen ihres Jackie-O.-Kostüms, das auch in Schwarz-Weiß lindgrün wirkte. Die Fotos passten zu ihr. Ihr schönes Gesicht verwischt, brillant unscharf wie die Reproduktion eines Bacons.

Ich, die Geliebte des Elektrikers, des Dichters und Feuerschluckers, wollte mich auf ein schäbiges, meergrünes Sofa fallen lassen, fragte mich, wo mein Liebster war, der Mann mit den drei Berufen (wahrscheinlich Lampe reparieren im Gastgeberklo), da entdeckte ich gerade noch rechtzeitig den Kater. Wie hieß er, Splasher, Smasher?

Ich setzte mich vorsichtig, um ihn nicht zu erschrecken, fuhr mein Streichelhändchen aus, auf den runden Schädel zu. Der Kater legte seine auffallend kleinen ausgefransten Ohren an und starrte auf meine Hand, als könne er's nicht fassen. Er hob die Pfote, und ein paar Sekunden lang saßen wir einander mit erhobenen Tatzen gegenüber – ich und das Biest. Und das Biest gab nach. Sprang vom Sofa, blickte ungläubig zurück und verschwand steif wie Puma durch die Flügeltür.

Allein gelassen in fremden Wohnungen, werde auch ich zum Biest. Stöbere in fremden Regalen. Natürlich suche ich Bücher, was sonst. Große, abgegriffene Bildbände. Aus einem schönen Levitt-Band flatterte eine kleine Notiz. Geschrieben in braver Mädchenschrift voller breiter Rundungen und an Matt adressiert: *With an eternal cosmic bear hug, Debbie*. Datiert im vorigen Jahr. Allmählich fühlte ich mich wie zu Hause. Das Gefühl, mehr über die andern zu wissen als sie über mich, tut mir gut.

Meiner hohen Hacken wegen verlief die Buchgrenze im Regal etwas unterhalb meiner Knie. Oberhalb tummelten sich kindliche Geister: Plastikfigürchen, Pferde, Dinos, Hubschrauber, Soldaten. Fein geformte, grelle Action-Visagen. Eine Armee der guten Krieger, der plastinierten Filmstars aus unserm Rund-um-die-Uhr-Programm. Ich stellte mir das so vor: Matt erfüllt sich Wünsche, und bevor er sich nicht alle Wünsche aus seiner Kindheit erfüllt hat, kann er sich nicht den Wünschen einer Zeit widmen, die noch nicht vergangen ist. Und immer so weiter. Vielleicht ist es letztlich ein Problem aus der Raum-Zeit-Physik. Und ich, die jetzt noch zur Gegenwart gehört, kann schon morgen Vergangenheit sein. Und vielleicht ist es dasselbe bei Nina, die ihre Hormone mit Hormonen behandelt. Mir fällt auf, dass ich Kinderwünsche immer den Frauen in die Schuhe schiebe.

Die Figürchen kenne ich aus meinem eigenen Kinderzimmer. Seit ich stehen konnte, haben sie auch meine Regale bevölkert. Cowboys, Indianer und Tiere. Ich wollte sie immer gut sehen können, und so wuchsen sie Jahr für Jahr mit mir ein Brett in die Höhe. Als ich die ersten wattierten BHs trug und dachte, nur noch durch Stöckelschuhe wachsen zu können, rutschten sie allein in die Höhe. Bis in die Bastionen, die man auch mit Stöckelschuhen nicht mehr erreicht. Und dort bereiteten sie sich allmählich auf ihre Himmelfahrt vor.

Hier aber, bei Nina und Matt, besetzten sie den besten Platz, die Beletage, Rang 1. Das Hauptabendprogramm: die Welt auf Augenhöhe.

Jeff fand ich im Bad. Er saß auf dem geschlossenen Klodeckel. Hielt sich mit der Zange ein winziges Drähtchen vor Augen. Auf dem Boden verstreut Werkzeug.

Pass auf, sagte Jeff. Nicht drauftappen.

Ich schob den Duschvorhang zurück, setzte mich auf den Wannenrand.

Ist was? fragte Jeff.

Ich will hier weg, sagte ich, jetzt gleich.

Wohin denn?

Keine Ahnung.

Der schlafende Security Guard im YMCA fiel mir ein. Bestimmt trug er heute eine rote Nikolausmütze.

Moment, sagte Jeff, warte mal. Ich muss mich konzentrieren. Wir reden gleich.

Die Kacheln im Bad waren rosa und schlossen nach oben mit einer schwarzen Borte ab. In der Wanne lag eine grelle Schachtel mit fröhlicher Schrift: *Mouse-Motel.* Sie wog schwerer als das Roach-Motel. Durch das Loch an der Stirnseite sah ich im Inneren etwas glänzen. Ein Auge? Ein Auge, das Licht spiegelte? Als ich schüttelte, nichts zu hören. Nur eine Stimme rief meinen Namen: Komisch, wenn eine fremde Stimme zum ersten Mal meinen Namen ruft.

Ich folgte der Stimme, durchs Schlafzimmer, wo, eingerollt wie etwas Ungeborenes, der Kater auf einem Queensize-Bett lag. Das hinterste Zimmer blickte auf unbewohnte Gebäude. Türen und Fenster vermauert, als müsse man die Häuser daran hindern, sich davonzustehlen. Als wollten sie sich aufmachen, abwandern, wer weiß wohin, vielleicht dem hinterher, was hier *lower middle class* genannt wird: tagsüber zur Arbeit, nachts in einstöckige Schlafstädte vor die Stadt. Oder ins Nichts oder ins Abseits. (Aber da stehen sie ja schon. Bleibt nur der ideale Investor: der alles abreißt.)

In diesem Handtuch von einem Zimmer empfing mich flüsternd Ninas Freund.

Komm rein, komm schon. Er schloss die Tür und berührte meine Schulter. Er war viel größer als ich.

Das ist unser Musikzimmer.

Wieso Musik?

Und dann weihte er mich ein.

Mein Baby hat einen Tinnitus, sagte er. Sie wünscht sich ein Klavier.

Auf jeden Fall besser als umgekehrt, dachte ich und schob die Hände in die Taschen.

Er räusperte sich: Mein Baby ist eine Renaissance-Frau. Sie wünscht es sich zu Weihnachten.

Ich sage, wie willst du denn jetzt noch ein Klavier auftreiben?

Und er: Wart's ab.

Ich ziehe das Russian-Lady-Fetzchen aus der Tasche. Da soll er nachfragen. Vielleicht kennt sie einen, der einen kennt … So läuft es doch bei Musikern. Bei Dichtern und Feuerschluckern, und überhaupt. Alles hängt mit allem zusammen. Und von Anfang bis Ende mit Glück.

Er nimmt das Papier-Fingerchen, sagt, er habe mich nicht gerufen, weil er meine Hilfe brauche, sondern um mir zu sagen, dass Nina heute nicht wie sonst sei. Das habe nichts mit mir oder Jeff zu tun. Nur mit ihm und Nina. Sie merke nicht, dass sein Problem ihre Probleme mit ihm seien, dem sie vorwerfe, alles abzuwiegeln, was nach Problemen rieche. Er wählt die Nummer der Russin.

Den Hörer am Ohr, fällt ihm noch etwas für mich ein: In wirklich verzweifelten Momenten, sagt er, überkomme ihn der Glaube an Magie. Seine Form der Hoffnung. Und ein Klavierwunder ereigne sich, wenn überhaupt, in sauberer Atmosphäre. Ob ich vielleicht so gut sei – er drückt mir einen Kinderbesen in die Hand –, der Bretterboden müsse gefegt werden?

Die Kunst der Fuge. Ich fege den Staub aus den Fugen und wieder hinein. Den tausend Jahre stillen Staub Brooklyns. Den perfekten Pausenfüller.

Inzwischen plaudert Matt mit der Russin. Spricht langsam, gedehnt, so wie man mit Tieren und Kindern spricht, von denen man glaubt, sie verstünden nichts. Als er auflegt, sind sie verabredet.

Die Russin habe, falls er richtig verstanden hat, ein Instrument abzugeben, sagt er. Er tritt auf mich zu, umfasst meine Ellbogen, sagt, Weißt du, was das heißt? Du, du hast mich gerettet. Er küsst mich auf den Mund.

Danke, sagt er und legt den Finger auf seine Lippen.

Er hat einen schönen Mund. Volle, weiche Lippen, von einer hellen Linie gerahmt in einer kantigen Landschaft voller schwarzer Stoppeln.

Und als erlaubter Dank für den Tipp, sagt er, gebühre mir das, was schlimmstenfalls Ninas Geschenk geworden wäre. Er nimmt etwas aus einer Tüte. Schwarz lackiert, goldene Rädchen, zierliche Holzbeine, ein kleiner Schlüssel. Ein Miniatur-Flügel. *Guten Abend, gut' Nacht*, spielt die Spieluhr, wenn man sie aufzieht. Das klingt in Brooklyn wie in Frankfurt und ist immer *Made in China*.

Dann stehen alle im Kreis. Nina verteilt Blutorangensaft, Eis, Campari und vier Gläser. Und wir stoßen an wie alle Menschen überall in der Welt, sagen Cincin, und die Jungs, die keine Jungs mehr sind, küssen uns Mädchen, die längst Frauen sind, doch ich muss sagen, dass wir alle noch wie frisch lackiert aussehen … wie Mickymäuse eben.

Um zehn nach sechs verlasse ich mit Ninas Matt das Haus. Wenn er ausgeht, dann wohl nie ohne a) dicken Pulli, b) Daunenweste, c) ein Paar wildlederner Schweißerhandschuhe, d) Ohrenschützer, e) seinen Gürtel mit Chromnieten. Überhaupt erinnert mich Matt an einen freundlichen Handwerker oder Hausmeister, der es braucht, dass man ihn braucht. Wie einen Sattel senkt er den Gürtel auf sein breites Kreuz ab, zieht vorn die Lederzunge durch die Schnalle, bis sein Bauch darunter hervorquillt.

Bei jedem Schritt rasseln die Schlüssel an seinem Schlüsselbund, der an einer dicken Kette mit Karabiner am Gürtel hängt. Ich glaube nicht, dass er sie je alle braucht. Oder die vielen Täschchen, die am Gürtel hängen. Oder das Messer in dem mit einem Druckknopf verschlossenen Etui.

Nina und Jeff bleiben. Wahrscheinlich putzen sie Möhren, schaben und schneiden und hacken wie im Märchen, während wir durch die Kälte laufen. Eisige trockene Brooklyn-Kälte unter dem bedeckten, aber hellen Himmel. Seit Tagen ist Schnee angekündigt, und die Wolken hängen schon schwanger am Horizont. Wir laufen einen Block zu seinem VW. Wann habe ich das letzte Mal in einem echten VW-Bus gesessen? Wir fahren leicht bergan, Richtung Siebte. Matt schwärmt von seinem Bus. Vor einem Waschsalon finden wir einen Parkplatz. Hinter der großen, leicht beschlagenen Scheibe sitzen die Leute auf der Heizung, lesen Zeitung, trinken Kaffee aus Plastikbechern, warten gemütlich im Warmen auf ihre Wäsche.

Ich schaue hinein wie in eine Puppenstube, und mein süchtiger Blick lädt sie auf mit Harmonie, mit dem Schönen und Guten. Mit dieser Hälfte der Welt, die ich vermissen werde, wenn ich tot bin. Waschsalons sind dafür wie geschaffen: Sie sind geheizt, und die Leute bringen säckeweise Intimes, und alle warten entspannt auf die letzten Umdrehungen der Trockner. Es geht um Wäsche. Sonst nichts.

Ich würde gern bleiben, aber Matt läuft weiter. Geradeaus, dann biegt er nach links ab, in die 8th Street. Eine gute Straße. Große, leicht nach hinten versetzte Brownstones. Bepflanzte Vorgärtchen, geschmückt mit Weihnachtslämpchen und Plastikkrippen. In den Fenstern die Weihnachtssterne.

Nummer 234. Wir wechseln die Straßenseite. In den Schlaglöchern haben sich Ginkgo- und Platanenblätter gesammelt. Das Haus liegt versteckt hinter Büschen. Durchs Astgewirr schimmert Licht. Matt zieht den rechten Handschuh aus, klingelt, und eine kleine Frau mit wirrem grauem Haar lässt uns ein.

Sie trägt Bademantel. Bademantel über Bademantel. Wir folgen ihr durch den Flur. Tapeten blättern von den Wänden. Im Wohnzimmer wird es licht und warm: ein Feuer im Kamin. Davor stapelt sich ein invalides Stilleben. Abgerissene Stuhlbeine und abgehackte Lehnen, Schubladen ohne Rückwand, halbe Kartons und Zeitungsfetzen. Nachtschränkchen und Sessel, dicht an dicht, ineinander verkeilt, Sperrholzkisten, Tische, Hocker, Lampen, Koffer, Zeitschriften, Radios, Schachteln, Vasen, Bücher, Platten, Taschen.

Dawai, dawai, lädt sie uns ein zweites Mal ein, einzutreten, schließt die Tür hinter uns, zwängt sich an uns vorbei, führt uns auf einem schmalen Pfad durch den Flohmarkt ihrer Geschichte, bis zum Sofa, auf dem eine aufgewühlte Pferdedecke liegt. Bahnt sich einen zweiten Pfad zum Klavier hin. Klappt den Deckel auf. Wir folgen. Sie wartet, hält sich fest an Matt, der sich an ihr vorbeidreht.

Hinten, wo keine Menschenseele hinkommt, leuchtet eine asiatische Vase. Orangerote und weiße Blüten, goldene Vögel auf mattgrünem Grund.

Ich soll es ausprobieren. Die Tastatur, den Klang. Ich spiele Tonleitern, kleine deutsche Melodien. Es ist lange her. Ich bin aus der Übung. Und das Klavier völlig verstimmt. Einige Tasten schlagen auf Holz. Filz auf Holz.

Ich weiß nicht.

Matt übersetzt das in einen fragenden Blick zu der Alten hin. Die läuft entrüstet zur Tür zurück, ruft in den dunklen

Flur, ruft und ruft, bis eine zweite Alte erscheint. Ihr Ebenbild. Über dem Hauskleid eine Kollektion Strickjacken, eng um den Körper gezogen.

Die beiden sprechen russisch miteinander, während Matt und ich das Klavier streicheln, das Holz abtasten, die Abdeckung rauf- und runterklappen. Das filigrane Innenleben beleuchten. Cockroaches schießen heraus, springen ins Off. Matt meint, er habe keine Wahl.

Die zweite Alte wirkt schläfrig. Sie behauptet, es sei ein gutes Stück.

You want the piano?

Wieviel es denn kosten solle.

Was im russischen Wortschwall der einen wie eine nach oben offene Unendliche klingt, ein »Was-wollen-nach-zahlen?«, übersetzt uns die andere mit Achtzig.

Matt lacht. Sagt, Siebzig.

Die Übersetzerin lacht. Für so ein Klavier, das nur gestimmt werden muss?

Eben, sagt Matt. Siebzig.

Sie spricht nicht nur russisch mit ihrer Schwester, auch die Blicke, die sie tauschen, sind russisch. Machen sie sich lustig über uns?

Vier Hände flattern durch die Luft, wirbeln Staub auf. Vier Schwestern im Leben, einem Leben, das wohl vor allem überlebt werden wollte.

Siebzig also, sagt Ninas Freund Matt. Aus einer der vielen Gürteltaschen zieht er hundert. Sein Blick wandert mit dem Schein von Schwester zu Schwester.

Kein Wechselgeld.

Wir dürfen uns etwas aussuchen.

Bitte, nehmen Sie, was Sie wollen. Eine Nähmaschine vielleicht? Oder was für die Küche.

Die Quittung, nur die Quittung bitte, sagt Matt, und dass es heute noch abgeholt werde.

Die Quittung ist ein postkartengroßes Billett mit dem Aufdruck *We're open 24 hours*.

In der Wohnung duftet es. Ein warmer, dichter, zu dichter Geruch nach Kuchen und Braten. Ein gedeckter Tisch, geschmückt mit Lametta und Orangen. Dahinter der Gabentisch. Nur das Klavier fehlt.

Nina und Jeff trinken Whiskey.

Ich sage, dass Matt einen Parkplatz sucht.

Das kann dauern, sagt Jeff.

Nina schaut nach draußen, wo inzwischen die Flocken aus dem Himmel schießen wie kleine weiße Pfeilspitzen. Sie schlägt die Beine übereinander, sagt, Dann warten wir eben. Ist ja Weihnachten. Oder?

Ohne wenn und aber, sagt Jeff.

Das ist der Unterschied zwischen ihr und mir: Wie er mit ihr spricht. Als könne sie ihn nicht verlassen. Als wäre sie ihm, nur weil sie nicht ihn und er nicht sie liebt, sozusagen bedingungslos ausgeliefert. Aber Jeff spricht nicht wirklich. Er schaltet – wie mit der Fernbedienung – in sich das an, was die andern sagen, oder das, was sie nicht sagen, Alles klar, Jeff, du gehörst dazu.

Als Matt zurückkommt, hängt er seinen Gürtel an die Garderobe und klopft Jeff auf die Schulter. Alles klar, Alter. So reden sie miteinander.

Nur mit Nina redet keiner so.

Es klingelt. Und ich geh zur Tür. Das Klavier, sagt eine laute Stimme. Ich drücke den Türöffner und bin kaum zurück am Tisch, als es erneut klingelt.

Ich bin's. Drück mal auf.

Ich gehorche.

Wer war das? sagt Jeff.

Das Klavier.

Nein, beim zweiten Mal.

Keine Ahnung. Das Christkind?

Du hast aufgemacht, ohne zu wissen, wem? fragt Nina.

Lass sie in Ruhe, sagt Jeff.

Nein, sie muss wissen, dass man das in dieser Stadt nicht tut. Du kannst nicht einfach aufmachen …

Ein Mädchen mit rosa Schlingenmütze betritt die Küche. Klopft sich den Schnee von Mantel und Schal. Ihr schmales Gesicht wirkt winzig. Nasses Haar klebt an den mageren, fleckigen Wangen. Ihre gerötete Nase hat in der Mitte einen Höcker, eine Piratenbraut.

Hey, hallo, sagt sie. Frohes Fest. Sie wirft ein paar Nüsse auf den Tisch, als seien es Würfel.

Hinter ihr tauchen drei junge Schwarze auf. Was die Typen tatsächlich verbindet, sind die drei schwarzen, wie von einer einzigen Großmutter gestrickten Mützen. Nina erhebt sich von ihrem Hocker. Matt setzt sich. Die drei Packer marschieren, eins, zwei, drei, durch die Küche. Der Letzte faltet einen Zollstock zusammen und drückt ihn Jeff in die ausgestreckte Hand.

Hier oben, sagt er, haben wir keine Probleme aber die Treppe wird eng.

Matt sagt, Nicht das noch.

Nina küsst die Luft links und rechts der Wangen des Mädchens. Matt zählt und sortiert die Nüsse, die sie auf den Tisch geworfen hat.

Was willst du?

Nichts! Feiern! Wie jedes Jahr, wie voriges Jahr. Feiern sind dazu da, sich für Feiern zu verabreden. Jahr für Jahr. Lass uns anstoßen, Matt. Jeff! ruft sie in die Kälte hinein, die hinter ihr in die Wohnung dringt.

Setz dich, sagt Nina.

Nein, sagt Matt, sie geht.

Sie geht, sagt Nina, wenn wir angestoßen haben. Jeff, gib ihr dein Glas.

Sie hat zugenommen, sagt Jeff.

Quatsch, sagt Matt.

Nicht Debbie, sagt Jeff, ihre Schlingenkappe, um mindestens einen Meter.

Prost, sagt Nina.

Von der Treppe her klingt es, als schlügen sie das Klavier kurz und klein.

Debbie, die schon ausgetrunken hat, sagt, Ich muss jetzt.

Frohes Fest. Sie haucht es in die Küche, und ihr Atem produziert eine perfekte Flüsterblase.

Matt bringt sie hinaus vor die Tür, und obwohl keiner versteht, was er murmelt, atmen alle auf.

Eine Weile lang sagt keiner was. Nur das Klirren der Innereien aus Ninas Weihnachtsgeschenk überschlägt sich im Treppenhaus.

Aua, sagt Jeff dann, das tut weh.

Ich halte mir die Ohren zu, und er streichelt mein Haar.

My beautiful dove, my love, sweetheart, honey bun …

Er zählt den Katalog runter. Ich will einfach nur seine Stimme hören, aber das ganze Treppenhaus scheint zu vibrieren.

Nina zerstampft mit dem Zollstock die Eiswürfel in ihrem Glas: So muss Musik sein. Ein Geschenk des Himmels, das die Treppe raufkriecht.

Jeff läuft als Erster hinaus, zieht mich hinter sich her.

Nina folgt mit Kamera, knipsend, blitzend. Wir stehen am Treppengeländer. Starren hinab. Wo Ninas Geschenk in breiten roten Bändern zwischen den nackten, schwitzenden Oberkörpern der Träger hin und her taumelt.

Und über ihnen: Debbie. Stufe für Stufe rückwärts. Zurück nach oben. Debbie, denke ich … und meistens ist es ja so, dass es durch mich hindurch denkt, richtungslos, wie Licht sich durch eine schwarze Tiefe denkt, bis an die Oberfläche. Debbie will gehen. Kann aber nicht, weil die Treppe verstopft ist. Debbie und das Klavier, die in meinem Kopf jetzt eine Einheit sind, für immer und ewig.

Da sind wir wieder. Jeder an seinem Platz. Matt in der Küche, Jeff und ich auf dem Sofa, dem Love-Seat, wie Nina sagt, die im Musikzimmer den Staub unters Klavier fegt. Und Debbie, die wieder abgetaucht ist. In ihre eigene unsichtbare Spur. Ihre kleinen Füße umschlingen ganze Blocks. Park Slope, Kensington, Flatbush. Unermüdlich durch diese immer von Neuem unberührte Schneehaut. Sie kann es einfach nicht lassen, kein Ende zu finden.

Wer du bist in drei Sätzen

Um halb elf war er am Bahnhof verabredet mit einer ihm nicht bekannten Frau. Er war viel zu früh. Lief von einem Stand zum andern, sah sich Krawatten an, Zeitschriften und Obstsaftsortimente, zählte PC-Ratgeber und Pralinen mit dem Präfix Trüffel. Er stieg auf einen Barhocker und bestellte einen Espresso con irgendwas. Ihm fiel ein, dass eine zur Bekannten verblasste Freundin in der Stadt lebte, und es eigentlich Zeit wäre, sie zu besuchen. Er war so voller Zukunft, dass er es für unbedenklich hielt, der Vergangenheit zu begegnen. Fast freute er sich auf Mona wie auf eine Fremde.

Sie hat, da waren sie längst auseinander, geredet über ihn. Hat ihm alles Mögliche angehängt. Und all dem Möglichen ein plötzliches Ende. Das Ende aus ihrer Perspektive. Inzwischen war er reif für einen plötzlichen Anfang.

Er hatte in der Zeitung eine Anzeige gelesen. In der Rubrik SIE sucht IHN. Er hatte einen Brief an Unbekannt geschrieben. Keinen langen, nur das Nötigste. Das, was eine Frau wissen muss, um die Nieten auszuschließen. Die, die nicht begreifen, dass sie nicht zur Selbstdarstellung vorgeladen sind.

Er sei, schrieb er, größer als der Durchschnitt, und mit Sinn für Kunst und Leben. Beides hundert Prozent und beides in einem. Als Beleg schickte er ein Bild mit und bat sie um ein kurzes Echo. Mehr nicht.

Und sie, sie schreibt ihm. Sie habe jede Menge Rückmeldungen erhalten. Seine gehöre zu denen, die sie bearbeiten werde. Sie tippte bearbeiten ein. Er war sofort elektrisiert. Eine Frau mit System. Die träumt nicht nur vom Zwei-Sein, sondern tut auch was dafür.

Die Unbekannte bat um Geduld. Sie brauche Zeit. Als sei sie ihm etwas schuldig. Und falls sich zwischenzeitlich was anderes auftue … bitte sich nicht verpflichtet fühlen. Nur kurz Bescheid geben. Damit sie ihn abhaken könne. Abhaken oder ein Kreuzchen machen.

So nicht, dachte er. Und schrieb: Um zu erkennen, was sie wolle, solle sie auf jeden Fall erst erkannt haben, was sie nicht wolle. Selbst wenn er es sei. Dann könne sie ihn immer noch links liegen lassen.

Wer sich je auf dem Kunstmarkt angeboten hat, für den ist Nachhaken keine Kunst. Beim zweiten Chat schlug sie ein Treffen vor, beim dritten gab sie ihm den Termin. Er blätterte sich durch sein Kalendarium und fand: Alle Zeit der Welt und die Befürchtung, sie könne sich langweilen mit ihm.

Kurzes dunkles Haar, hatte sie geschrieben. *Heiße Nina, und du erkennst mich an meinem kurzen dunklen Haar. Fünfzehn Uhr Kaffeebar im Hauptbahnhof.*

Seither war sein Kopf die reinste Bildersuchmaschine. Nina oder Warhol meets Katz. Glamourös, aber auch ein bisschen östlich angehaucht.

Die Kaffeebar ist ein offenes Karree um einen frei von der Decke herabhängenden Kaffeemaschinenpark. Wo er sich auch hinsetzte, immer gab es jemanden, den er von seinem Platz aus nicht oder nur halb sah. Er starrte auf Frauenellbogen, die sich auf eine Zeitung stützten, und über ihnen in sein eigenes, frisch rasiertes Gesicht. Leicht verschwommen zurückgeworfen aus den angelaufenen Spiegelfassaden der dampfenden Automaten.

Er begann Frauen zu zählen. In fünf Minuten siebenmal dunkles kurzes Haar ... Wenn er so weiterzählte, wäre er zur vereinbarten Zeit bei sechshundert. Und blind. Er schloss die Augen.

Und wieder fiel ihm Mona ein, und er dachte, Wer nicht überrascht werden will, lässt sich von der Auskunft verleugnen. Mona gehört nicht dazu. Und sie klang nicht überrascht, als er anrief. Nach all den Jahren.

Ach, du bist's, sagte sie.

Und er: Es täuscht vielleicht, aber du klingst wie früher.

Früher? sagte sie. Früher ist Schnee von gestern. Wenn du mal vorbeikommst, zeig ich dir was Neues.

Neuschnee?

Unsinn, sagte sie, jetzt klingst du wie früher. Immer alles wörtlich nehmen. Ich meine, sag einfach, was Sache ist. Hast du dich verändert? Trägst du noch diese grellen Anzüge?

Früher hätte sie geil gesagt. Aber das war bestimmt zu grell für die Ohren des Kindes, für das er sich gleich ins Taxi setzen sollte. Jetzt hat sie also ein Kind. In Städten unter einer Million Einwohnern ist man immer kurz vor dem Ziel. Und Taxis sind Schnell-Denktöpfe.

Früher hat Mona jeden müden Hund von der Straße gelesen. Jede zweite Katze und flügellahme Taube. Einmal eine Fledermaus, die ihnen Nacht machte, Tag für Tag, und so lange am Vorhang hing, bis sie verhungert herabfiel. Für jedes Tier bremste Mona in ihrem Zimmer die ganze Evolution aus. Was in den artungerechten Tod führte. Was für ein Aufruhr jedes Mal. Dieses Aushalten, Hoffen und dann doch Verlieren.

Das letzte Mal hat er sie auf einem Rummelplatz gesehen. Ende der Neunziger. Sie wartete vor dem Kettenkarussell, zupfte gebrannte Mandeln aus einem blau-weiß gestreiften Papiertütchen. Umringt von Kindern, die ihren Vätern Zuckerwatte ins Gesicht hielten, als hätten sie Schönwetterwölkchen vom Himmel gepflückt.

Er hat es ihr direkt gesagt: Ich gehe. Hat primär nichts mit dir zu tun, hat er gesagt.

Den Rest wollte sie dann nicht mehr hören. Dass ihm Nacht für Nacht – sie würde sagen, von heute auf morgen – die Welt da draußen als die ihm fehlende erschien. Und dass die Lösung genau dieses Problems in eins fiel mit der Lösung jenes Rätsels, das sie darstellte. Sie, Mona, das ihm vertraute Rätsel, das ihn ununterbrochen mit Lösungen versorgte, um nicht zu sagen, bombardierte. Satzfeste Lösungen wie, *Erst wenn wir zusammenziehen, werde ich mich dir bedingungslos als Mensch hingeben, und da der Mensch das*

Material deiner Kunst ist, liegt der Profit auf der Hand. Sie war darauf programmiert, sich als Programm zu installieren. Wäre er geblieben, er wäre abgestürzt, über ihr. Oder wie der Künstler sagt: *Das Geheimnis soll Geheimnis bleiben. Mit der Zeit werden wir die Zeit vertreiben.*

Sie im kurzen Sommerkleid, kurz wie ein zu kurz geratener Frühling und fast durchsichtig. Ihre zierlichen langen Sommerbeine und ihr glattes blondes Haar, das ihr Gesicht rahmte, ihre Tränen in Klammern setzte.

Sie sah ihn ungläubig an, und bevor er sagen konnte, was er gedacht hatte, griff sie sich einen der Sitze des Kettenkarussells, zog ihn unter sich, die Sicherheitskette locker über den Schoß und begann, während das Karussell sich schneller und schneller drehte, sie höher und höher stieg, ihn aus der äußeren, der obersten Reihe mit gebrannten Mandeln zu bewerfen. Mit der linken Hand zielte sie, mit der rechten warf sie. Zuletzt spuckte sie das Tütchen aus, das sie sich, um beide Hände für ihn frei zu haben, zwischen die Zähne geklemmt hatte.

Dann sei sie irgendwann, als sie wenigstens wieder telefonierten, zur Therapie gegangen. Habe lernen müssen, sich ohne ihn kennenzulernen. Oh ja, sagte sie, das war grausam, mehr als grausam. Das war, wie in einen leeren Luftballon zu kriechen und von dort aus die Welt aufzublasen, bis sie platzte. So war das, so gnadenlos.

Und als er sagte, dass es ihm wirklich leidtue, unterbrach sie ihn: Nein, nein, ich musste mich entwickeln, und ich bin dir dankbar, dass du es gespürt und so schnell und klar umgesetzt hast.

Er klingelte. Keine Sekunde später stand sie, Mona, in der Tür. Ja, sie ist es. Sie hat zwar die Haare anders, dachte er, erkannte aber die Handbewegung, mit der sie sich durch den schwarzbraunen Bubikopf fuhr und, ohne abzusetzen, dem an ihren Schenkel geschmiegten Jungen durchs aschblonde Federhaar.

Max. Das ist Max.

Sie führte ihn durch die Wohnung. Zwei Zimmer, durch die sich eine Skyline aus Büchern zog. Dazwischen winziges Spielzeug – Autos, Figuren aus Kinderbüchern, Tiere aus Kinderfilmen. Und Max, ein Welpe, der Männchen machte. Umkippte. Zuerst fiel der riesige Kopf, nach hinten, nach vorn, dann knickte der Körper ein. Aber wenigstens immer an der richtigen Stelle. Und landete punktgenau: auf dem dick verpackten Hintern.

Ist das das, was man Laufenlernen nennt? fragte er.

Irgendetwas zwischen von den Stelzen kippen und nach den Früchten des Himmels greifen, sagte Mona.

Sie hockten sich zu Max auf den Teppich.

Mona und Fred, der zusammenschmolz zu einem Kindergott ihrer zwölf Wände. Über ihr ein fenstergroßes Poster unter entspiegeltem Glas. Der Traummann, der abwesende. Ein zweifarbig lasierter, lächelnder junger Schwarzer, mit einem schreiend gelb verpackten, schlafenden, weißen Säugling auf dem photoshopgedopten Bizeps.

Mona mochte Farben. Früher war sie so bunt als möglich gegen das Grün der Wälder gejoggt, gewalkt, in die Pedale getreten. Odenwald, Spessart, Taunus. Form- und konturbewusst, so wie sie jetzt an den Erinnerungen vorbeizusteuern versuchte, die ihn längst überfahren hatten.

Ich hatte so viel Muttermilch, sagte sie. Ich hätte die ganze Stillgruppe drin ersäufen können. Die andern vier Mütter hätten ihre Kinder alle impfen lassen, und sie ihre Gewohnheit, immer zu spät dran zu sein, dieses Mal, dieses einzige Mal, umgemünzt in einen Vorteil.

Ich habe Max nicht impfen lassen. Verstehst du. Es war ja nicht mehr nötig. Dank des kollektiven Gehorsams der Stillgruppen-Mütter. Impfen fördert Allergien ... zu frühes Fremdeiweiß ... Ich sag dir, die haben vielleicht reagiert.

Er starrte an ihr vorbei auf Mäxchens Gitterbett, das auf einem sorgfältig gefugten Sockel schwerer Kunstbände aus den Achtzigerjahren thronte. Über dem Kopfende eine weit aufgespannte Kette bunter Hummeln.

Die schulen, sagte Mona, schon in den ersten Wochen das Sehvermögen. Und den Tastsinn natürlich, wenn er danach greift. Aber Max hat das nicht mehr nötig, der sucht sich die Sterne, nach denen er greift, längst selbst aus.

Und du? sagte sie. Irgendwas passiert, was es wert wäre?

Da streckte Max die Arme aus, und er griff automatisch zu. Das Kind krallte sich in die schottische Wolle seiner Anzugärmel. Saugte sich am Kragen fest. Sabberte sich müde. Er roch es. Mona redete. Zumindest sah er sie reden. Und gleichzeitig nach ihrem Sohn greifen. Er beugte sich zu ihr, um ihr den süßlich riechenden senfgelben Fleck auf seinem Hemd, das aus der Hose gerutscht war, vor die kurzsichtigen Augen zu halten. Er glitt auf alle Viere.

Sie setzte den aus seinem Halbdämmer erwachten Max auf Freds Rücken ab.

Das hält ihn bei Laune. Und wenn du ihm bei euren Reiterspielen was erzählst, egal was, nur keine Scham, dann hast du außerdem einen neuen Freund.

Und Max lachte … lachte irre.

Dieses Märchen ist wie alle Märchen …, begann Fred, und Mona unterbrach ihn.

Du kannst ruhig normal mit ihm reden. Nicht wie mit deiner Putze, verstehst du? In ihrer gebrochenen Sprache. Als wolltest du was von ihr und nicht sie von dir. Sprich mit ihm, als würdest du mit dir selbst reden oder mit mir.

Und während seine einstige Liebe Mäxchen im Sattel hielt und Pferd und Reiter um die Büchertürme trieb, erzählte er dem Kind, so normal, wie es die Lage zuließ, aus seinem Leben.

Es war einmal ein Mann, sagte er, der hatte eine hübsche Putzfrau namens Maria. Die sollte ihm helfen, Kunst in Leben zu verwandeln. Er zeigte ihr also ein Bild von Berthe Morisot. Ein schönes Bild von einer schönen Frau. Ein bisschen wie deine Mutter, wenn sie sich wäscht. *Das Bad*.

Maria aus Belgrad. Er hatte ihr deutlich gemacht, von Anfang an, dass es um Kunst gehe. Die er in der Wirklichkeit nachstellen wolle. Sie ist Mathematiklehrerin, ich meine, das hat sie gelernt. Und das ist natürlich die Voraussetzung einer solchen Sache, dass eine Art von Abstraktionsvermögen da ist. Er hatte ihr also ein Herz für Musik angedichtet. Sie hatte ihm zugehört, wie du mir zuhörst, sagte er zu Max, und sie hat sich das Bild lange angesehen. Dann haben die beiden einen ersten Termin vereinbart.

Aber sie hat sich nicht blicken lassen. Nie mehr. Da hat er dann eine andere Putzfrau vermittelt bekommen. Maria zwei oder, wie man bei Königinnen sagt, die Zweite oder je nachdem. Von den Philippinen. Immer wenn sie kam, legte er vorher die feinsten Kataloge aus. Und bat sie, wie nebenbei, sie alphabetisch in die Regale zu sortieren. Er stand immer daneben und sprach mit ihr: *Look at this and this here. You like it?*

American painting? sagte sie. *Oh. Nice. Like photo. But why there is no colour? Happy colour, you know. Yellow, red, pink and green?*

Oh green! rief der Mann. *You call green a happy colour? Green is the colour of war. The basis of natural marketing.*

So sind sie, Max, sagte er. Erwarte bloß kein Verständnis. Der Mann schenkte Maria zwei noch einen echten Blumenstrauß, und dann hat er sie nie wieder gesehen.

Ist doch ganz normal, dass er's nach dieser Erfahrung nur noch mit Prostis probiert hat. Aber das behielt er natürlich für sich.

Weißt du, sagte er, an der Kunst interessiert mich vor allem das DAHINTER. Und ich meine damit nicht die Leinwand. Nein, das Zwischendrin im Leben hinter der Kunst.

Diese absolut geile Differenz, das *Internationale Unsichtbare*. Du verstehst?

Mona hüstelte angestrengt. Max sagte nichts. Seine fünf Kilo, die sich auf einmal heiß und feucht auf Freds Rücken ergossen, waren Kommentar genug.

Und du? sagte Mona. Erzähl doch von dir.

Wovon, glaubst du, habe ich die ganze Zeit geredet?

Sie drängte ihn, zum Essen zu bleiben. Ich koch uns ein Süppchen.

Nein, nein, bloß keine Umstände.

Er wusste nicht, auf was sie aus war. Er erzählte ihr, dass er bald eine Galerie aufmachen würde, und bat sie ein bisschen pathetisch, zur Eröffnung zu kommen.

Sie tat begeistert.

Ich zeig einen Künstler aus Amerika, einen leibhaftigen Fleischberg aus Chicago. Mit russischen Vorfahren, holte er aus. Der stellt mit Ostmädchen problemlos die gesamte Kunstgeschichte nach. Lebendbild für Lebendbild. Eine Art Liebesbriefwechsel zwischen Kunst und Leben und Leben und Kunst. Könnte dir gefallen.

Hast du Kinder? fragte sie. Erzähl doch von dir.

Sie hob sich Max vor die Nase.

Er richtete sich auf. Ich hab mich nie besonders für mich interessiert. Aber weißt du eigentlich, dass du die letzte Frau warst, die mir Liebesbriefe …

Mein Max, unterbrach sie, wird gar nicht mehr wissen, was das ist, ein Liebesbrief. Schade.

Sehr, sagte er.

Und du? fragte sie.

Ich hab sie aufgehoben. Alle …

Nein, was dich umtreibt.

Ich sitze vor dem Bildschirm, als sei mein Leben nur noch eine E-Mail, und Erfüllung eine Message. Aber eigentlich, sagte er, eigentlich wünsche ich mir ein Paar Augen, in das ich jeden Tag wenigstens eine lange halbe Stunde lang hineinschauen kann. Und zwar zentralperspektivisch.

Sie strich ihrem Kleinen über den Kopf. Hörte sie ihm noch zu?

Und Liebe, sagte er, Liebe ist eine Annonce. Und eine Annonce ist ein Bumerang. Wenn er nicht zurückkommt, beginnt man ihm nachzulaufen, und wenn er zurückkommt, ist er tödlich.

Er wollte ihr von Nina erzählen, da schickte sie Max los.

Geh du mal zu Fred, dem Rennpferd. Das braucht dich. Und du, hast du Mäxchens Augen gesehen? Vorsicht, wenn du reinschaust. Man müsste sie verbieten! Für Nichtschwimmer!

Der inzwischen trockengelegte Max kippte sofort um, aus dem Blickfeld, entscheidungsunfähig, ob er weinen oder lachen sollte. Mona rannte, um zu trösten, wo's nichts zu trösten gab. Woher sollte so ein Ich-Nix auch wissen, dass nur auf Tränen Trost und Belohnung folgen? Als sie ihn vorsichtig an den Ärmchen hochzog und versuchte, seine Augen auf Turmhöhe einzupendeln, versuchte er noch einmal, Nina ins Rennen zu werfen – ihre Annonce, seine Retourkutsche –, und dass er jetzt los müsse. Zum Bahnhof.

Jetzt wart doch mal kurz, sagte Mona. Erzähl mir von dieser Frau. Dieser Nina. Erst machst du mich heiß, dann willst du dich aus dem Staub machen. Schickt sie dir Mails?

Nein, eben nicht, sagte er.

Sie riss die Augen auf, sagte, sie wundere sich. Sie sei ja auch nicht viel jünger. Aber auf 'ne Zeitungsannonce antworten, das würde ihr nicht im Traum einfallen.

Ich wüsste gar nicht, was ich da schreiben sollte.

Wer du bist, in drei Sätzen, sagte er.

Dann ist es eine Frage des Glaubens, oder? sagte sie.

Ja, sicher. Und immer derselbe Code, mit dem eine Frau einen Mann sucht. So oft gibt es den gar nicht, den Mann. Der Code ist das Modell. Das kann man, wie alle Modelle, unendlich vervielfältigen. Groß, gut aussehend, erfolgreich, kulturvoll und wanderlustig. Auto und Sport, ehrlich und leidenschaftlich und bmB. Sie könnten genauso gut schreiben: Groß, grün, grau und gelb und bumm.

Ehrlich gesagt, sagte Mona, ich kenne keinen Einzigen, auf den das passt. Im Detail hängt immer was schief.

Und dann, sagte er, sitzen sie da, die Frauen und tauschen sich über die, wenn auch verkrüppelte Männerwelt aus. Über die auf Frischfleisch abfahrenden Kulturmuffel, über die Analphabeten des Erfolgs, über die ausgelatschten Ehrlichers, die es auch nicht wirklich bringen …

Und Nina? fragte Mona. Meinst du, das wird was?

Hängt wahrscheinlich davon ab, wie gut ich ihr vermitteln kann, dass ich nicht der bin, für den sie mich hält, aber trotzdem existiere.

Wie sieht sie aus?

Keine Ahnung, sagte er. Außer im Traum hab ich sie nie gesehen.

Ihr, sagte Mona, sei es während der Schwangerschaft so gegangen. Neun Monate habe sie sich gefragt, was für ein Gesicht sie wohl zur Welt bringen würde.

Immer die Angst, man hätte ein Monster im Bauch. Zwei Köpfe, drei Gesichter und am ganzen Körper kleine Rüssel.

Fröhlich hob sie ihren Max hoch. Höher geht es nicht. Senkte seinen Hintern auf Nasenhöhe. Schnupperte.

Er sagte: Ich finde es irre schwer, mir kein Bild zu machen.

Sie legte Max auf den Boden, um ihn zum zweiten Mal in einer halben Stunde zu windeln, sagte: Max wird unbeschwert von all dem didaktischen Mist ein Mann werden. Ein Bild von einem Mann! Der braucht keine Fremdbilder.

Er wollte nicht den Theoretiker raushängen lassen. Er dachte sich nur sein Teil. Dass die Sache auf ein Spiegelbild hinauslaufen würde.

Das Spiegelbild der vom Künstler um das Mannsbild gruppierten Frauen. Oder die kleinen Hummeln über Mäxchens Bett. Jetzt schulen sie das Unterscheidungsvermögen. Sie seien, laut Mona, völlig ungiftig. Und, ja klar dürfe er sie auch in den Mund nehmen.

Schöne, lebensvolle Bilder – Lebendbilder, dachte er, auf jeden Fall mehr wert als die auf dem Kunstmarkt.

Er liebte es, wenn sich der Sinn in sein Gegenteil verkehrte – plausibler Surrealismus: Ein Bernstein kam geflogen ... Mäxchen in den Mund. Mäxchen als Sternenschlucker. Und dann der bernsteingläserne Max, und in der Mitte dieses lichten Labyrinths, dieser männlichen Inkarnation des Verdauungstrakts: ein schwarzer Weisheitszahn, um den die Hummeln schwirren wie die personifizierten Jahre. All die langen Jahre, in denen die Bücher über Kindererziehung teure Sammlerstücke werden oder zu einem Haufen Staub zerfallen.

Frisch gewindelt brüllte Max sofort los. Und Fred wollte sich zurückziehen aus der Kleinfamilie, sagte: Ich muss los.

Mona presste sich an ihn. Zwischen ihnen Max. Aber jetzt war sie es, die nach seiner Kalbslederfliege griff, ihn küsste, bis es dem Kind zu eng wurde.

Mensch, Mona, sagte er.

Sie sagte: Bitte, bitte bleib.

Und er: Wer sagt mir das?

Und sie: Na wer wohl? Wie immer ich.

Sie schob ihm Max zu, und er hängte ihn sich umständlich auf den Rücken, indem er sich seine Arme um den Hals schlang.

Pass auf, dass er nicht einschläft, sagte sie. Nicht einschlafen lassen, wenn du nicht in drei Minuten zerstören willst, woran ich seit Wochen gearbeitet habe.

Sie selbst wolle nur kurz die Gelegenheit nutzen. Nur mal eben schnell das Nötige erledigen. Bis gleich, sagte sie noch, schaltete den Computer aus und die Zufallsprogrammierung des CD-Players an. Schlüpfte in eine kurze dunkle

Jacke, schlang ein Seidentuch um den Hals, winkte den beiden Männern, jedem mit einer Hand, und verließ die Wohnung.

Fred spürte die winzig weichen, in die Fliegenflügel geklammerten Fäuste. Er hörte die Haustür ins Schloss fallen. Das Gummiband schnitt ihm einen Kanal in den Hals, in den der Sabber lief.

Er legte sich vorsichtig auf den Bauch, löste die Ärmchen des schlafenden Reiters von den Zügeln. Drehte sich auf den Rücken. Stand, das Kind im Arm, an den Erlkönig denkend, auf. Lief Slalom zwischen Büchern und Spielzeug. Dachte an den Witz, den, wo der Mann kurz Zigaretten holen geht. Dachte an vieles gleichzeitig, während er sich, den schlafenden Max im Arm, auf den Weg zum Bahnhof machte.

In einem anderen Leben

Ich habe nie heiraten wollen. Ich weiß immer erst hinterher, was ich wollte. Wir: Drei Mädchen mit Zöpfen. Yves, Edma, Berthe. Eine wie die Kopie der andern. Die Mutter steckt uns in lange Röcke mit Bändern und Schleifen. Bunte Puppen. Nachmittags bringt der Vater uns in der Kutsche zur Tram. Aus der Tram wirken die Straßen hell und offen. Ein Pferd zieht uns auf Schienen durch halb Paris. Ich habe eine Idee: Ich möchte das Pferd zeichnen, wie es in den Zügeln liegt. Der Zeichenlehrer holt uns von der Tram ab. Sein Gesicht passt eher zu einer Kutsche.

Wir üben Schraffieren, und ich vergesse das Pferd. Schräge Striche und schräge Striche, monatelang. So viele Striche verdunkeln ein Bild. Yves gibt auf. Sie will was Normales, sagt sie, was Nützliches, Nähen vielleicht, und später, wenn sie groß ist, heiraten?

Ich beginne ein neues Blatt. Normal? sage ich. Normal!

Ich stelle Edma vor die einfache Wahl, Malen oder Heiraten.

Kunst oder Leben. Wer hat das gesagt? Später!

Malen, sagt Edma. Malen ist normal.

Jetzt sind wir zu zweit. Zu zweit plädieren wir für einen neuen Lehrer. Zwei Frauenzimmer mit doppeltem Boden nennt uns die Mutter. Träume schmieden zusammen.

Wenn ich träume, sehe ich Bilder. Blühende Gärten und in bauschigen Kleidern Frauen, sitzend, lesend. Die Mutter besorgt einen neuen Lehrer. Lehrer gibt es wie Sand am Meer. Im Louvre müssen wir Hüte tragen und kopieren alte Meister. Wir malen Frauen, die nackt sind.

Begabte Töchter, sagt der Lehrer zur Mutter. So begabt, dass es ein schlimmes Ende nehmen wird.

Der Vater baut im Garten ein Atelier für uns. Euer Reich, nennt er es. Unser Reich mit dem doppelten Boden, nennen wir es.

Im Louvre treffen wir Freunde. Die führen wie über eine Zündschnur zu neuen Freunden. Zu Fantin, Jean, Claude, Georges, Puvis, Édouard, Edgar.

Jung, neugierig und voller Ideen. Ideen sind normal. Wie ich und Edma.

Ich habe, sage ich zu Édouard, den Louvre satt.

Sie meinen den Staub, mein Fräulein, nicht die Bilder.

Oder die von innen heraus verstaubten Bilder?

Wie die im Salon?

Schön, von einem Maler wie Édouard verstanden zu werden.

Abends, wenn die Männer ins Café gehen, kehren wir zurück in unser Reich. Wir spannen Leinwand auf oder setzen Leim zum Quellen an. Was wir verpassen, verpassen wir nicht.

Als Männer verkleidet, sage ich zu Edma, könnten wir auch mal hin.

Wer hat schon Lust auf hitzige Debatten?

Corot, der neueste Lehrer, nimmt uns mit in den Bois de Boulogne. Malen unter freiem Himmel. Durchatmen und alles Bisherige vergessen. Unvoreingenommen.

Die Welt besteht aus Licht, sagt Papa Corot.

Wir sitzen in kleinen Booten, versuchen in schaukelnden Wellen eine ruhige Hand.

Eine Frau. Sie führt ihr Kind an der Hand drei Stufen zu einem Brunnen hinauf.

Das ist normal. Im Malertempo. Rot und gelb-grün gefleckte Bäume in der Herbstsonne. Dunst. In der Ferne läutet eine Glocke, aber nicht zum Sterben. Ich sehe alles, empfinde alles.

Da fehlt eine Stufe in Ihrem Bild, sagt der Lehrer. Sie müssen genau sein.

Genau? sage ich und schaue dem Lehrer ins Gesicht.

Gewissenhaft, sagt er.

Als er Edma lobt, beuge ich mich tief über mein Bild. Im Atelier hänge ich es an die Wand. Nichts übrig von der Stimmung im Park.

Von den normalen Dingen kann man die Farbe nicht einfach abkratzen und sie übermalen. Momente lassen sich nicht wiederholen. Sie leuchten auf, das war's. Die Stufenzähler verpassen das Wichtigste. Und am Abend ist das Bild totgemalt. Auch ein versehentlicher Mord ist unverzeihlich.

Einen Blick auf Edmas Arbeit, und ich sehe den Weg vor mir länger werden. Mich selbst wie Stufen ins Unendliche zählen.

Meine Vorliebe für alles, was sich schwer beherrschen lässt. Wasser, Frauen, Wiesen, Passanten am Strand, Wellen, Blicke, das Meer. Und Aquarellfarben, licht und fließend. Ich träume von Meisterwerken: Ölbilder, hell und leicht, wie mit Wasser gemalt.

Das Aquarell bestimmt selbst, wer ein wahrer Meister ist. Das Wasser – meistens.

Das normale Leben geht weiter.

Die Mutter lädt zum Abendessen. An eine gedeckte Tafel, darauf üppige Blumensträuße und Teller mit orientalischen, langschwänzigen Vögeln.

Uns Töchtern soll nichts fehlen. Nicht Essen und Trinken, nicht das Gespräch mit den Künstlern der Stadt. Einen Abend pro Woche, dienstags, treffen sie ein. Puvis, Jean, Émile, Claude, Gustave, Edgar, Édouard. Letzterer bringt seine ganze Familie hier an.

Wir Schwestern in Musselinkleidern wandeln wie raschelnde Blüten durchs Haus. Die Köchin macht Feuer. Ein Feuer aus Farbe wie eine Farbe aus Feuer. Und Edmas Kleid schimmert wie das Innere einer Muschel.

Ich versuche, mir all die Weißtöne zu merken. Sich etwas merken wollen ist wie das Weiß der Leinwand. Und wie schnell die Wirklichkeit ist: Am Tisch säße ich neben Édouard, aber schon hat Edma sich dort breitgemacht.

Édouards Eltern erinnern mich an meine eigenen. Diese Mischung aus vornehm lebensfroh. Besser lebensfroh vornehm. Ob man selbst auch so leuchtet?

Während wir essen, reden alle fröhlich miteinander und durcheinander. Jeder Ton ein Pinselstrich, das wäre ein perfektes Bild.

Es gibt Neuigkeiten: Jean und Puvis sind angenommen im Salon, Edgar ist abgelehnt.

Soll man die Jury noch ernst nehmen?

Besser etwas Eigenes auf die Beine stellen.

Ein bekannter Kunsthändler will über zwanzig Arbeiten von Édouard kaufen. Édouard wird berühmt. Wird er auch reich?

Berthes Bilder und Geld, sagt die Mutter, sind wie Wasser und Öl.

Ich weiß: Wenn die Mutter vom Geld anfängt, endet sie beim Heiraten. Zur Verteidigung lege ich mir Sätze zurecht, spitz wie meine gespitzten Stifte.

Du bist wie wir alle, sagt die Mutter. Talentiert, aber ohne die Kraft, die Leiter hinaufzusteigen. So sind wir, und so werden wir bleiben.

Wenn ich eines gelernt habe, dann das: Nichts bleibt, wie es ist.

Auf die Frage, wie und wovon ich denn so allein leben wolle, spitze ich meine Stifte.

Ich sehe das Hausmädchen den Tisch abräumen, sehe die Zeitungen mit den Kunstkritiken, die Neigen in den Gläsern. Das »Gute Nacht« am Ende des Schweigens oder das bedeutungsvolle Schweigen am Ende eines Gesprächs über Kommerz und die fehlende Kraft, die Leiter hinaufzusteigen.

Mit dir, sagt die Mutter, ist es doch wie mit deinen Arbeiten. Es gibt viele, viele Komplimente, aber keiner lässt sich ernsthaft auf dich ein. Willst du nicht ein normales Leben führen?

Normal? Ich ziehe die Mutter an der Hand ins Atelier.

Du siehst so unglücklich aus, wenn du malst, sagt die Mutter leise, und dann kommen so schöne Bilder heraus.

Édouard spricht immer laut und immer deutlich: Man kann nur malen, wie man malt, nicht wahr. Und dann hat man sich in den Salon zu kämpfen, hat Öl zu sein wie Wasser.

Ich flüstere Edma zu. Abgesehen von ihren Meinungen, ist Édouards Familie wie das Spiegelbild unserer Familie. Nur blicken statt der drei Schwestern drei Brüder aus dem Spiegel. Drei haarige Gesichter: Édouard, Eugène, Gustave.

Schau dir die Bärte an, sagt Edma und schüttelt sich.

Édouard lässt sich unsere neuesten Arbeiten zeigen. Ich versuche wegzuhören, als er Edmas haarfeinen Strich lobt. Und wieder hin, als er zu mir sagt: Sie, Berthe, Sie haben alles, was es braucht. Sie müssen nur wollen können.

Ich will wollen. Die ständige Furcht, mein Wollen sei größer als mein Können. Dass er lacht, nehm ich ihm übel.

Ob ich ihm Modell sitzen wolle?

Ja, das kann ich.

Als die Gäste weg sind und die Köchin die Asche auf den Schlackenhaufen schüttet, steht Edma mit einem Gesicht wie von Hieronymus Bosch vor mir.

Wie findest du Édouards Frau?

Ein bisschen fett, sage ich, aber sie spielt gut Klavier.

Warum hast du Ja gesagt? will Edma wissen. Meinst du, Édouard interessiert sich für deine Bilder? Er interessiert sich für dich.

Ich wittere ihren Neid und sage schnell, Übrigens, Eugène malt auch.

Was soll das heißen? Edma rennt hinaus, ins Licht.

Unsere Zeit ist die Zeit der Eisenbahn. Schwarz wie das Schwarz aus Kadmiumrot, Phthalogrün- und blau. Und ein bisschen verwischt, wie von Turner. So reisen wir Schwestern im Sommer ans Meer. In gigantischen Dampfwolken. Zinkweiß und titanisch leicht. Jede Erkundung führt an den Strand. An dem auch Édouards Familie Ferien macht. Édouards Mutter mit Schirm auf einer Decke im Sand. Edma und ich in Badeanzügen. Neueste Pariser Modelle. Ich will schwimmen, Edma ist nicht ins Wasser zu bewegen. Édouards Mutter, mit einem Blick auf Edma, sagt: Der große Triumph der Mademoiselle M. ist ihr Badeanzug.

Auf Motivsuche ziehen wir eine Fußspur, eine Linie, die sich mit Wasser füllt, übers Ufer. Endlos am Meer entlang, dem großen, alles teilenden Horizont. Eine Landschaft mit Meer ist besser zu malen, sage ich. Die Dinge stehen sich so klar gegenüber. Wie Oben und Unten. Nichtblau und Nichtgelb. Und die Menschen am Kai, und die Schiffe. Die Sonntagsnormalität.

Edma widerspricht. Zu viel Tumult. Sie schlägt vor, ein Stück landeinwärts zu laufen.

Ich weiß, meine Schwester meint die Trauben von Kindern, die sich sammeln, hinter uns Malerinnen, die Blicke zwischen Welt und Bild klemmend, ihre ständigen Kommentare.

Man muss lernen, auszuhalten.

Als Edma sich weigert, spreche ich das Zauberwort. Es vertreibt jede Unstimmigkeit zwischen uns: Édouard. Seine Bilder sind Vorbilder, da sind wir uns einig.

Sie sind wild, sage ich, unreife Früchte. Und wie er ein Gesicht auf den Punkt bringt.

Und jeder Punkt, sagt Edma, ist lebendig, ist jetzt, dieser Moment. Wie: Ich oder du.

Die Zeit steht nicht still. Der Herbst führt uns zurück nach Paris. Wir reichen die Früchte unserer Arbeit beim Salon ein. Wir werden genommen! Die Freude über den Erfolg verpufft, als ich in den Kritiken lesen muss, dass man mich mit Papa Corot vergleicht. Stehen meine Bilder denn nicht für sich? Warum braucht die Welt immer und für alles einen Vater? Bin ich ohne ihn eine Illusion? Nein! Er ist ohne mich keine Wirklichkeit.

Zurück in unserem Reich verbrenne ich fast alle bisherigen Arbeiten. Ich stehe im Garten und schaue ins Feuer. Ich weiß ja schon, wie es sich anfühlt, etwas zu ermorden. Aber diesmal ist es Absicht.

Ich drehe mich um und sehe einen Mann aus dem Atelier durch den Garten zum Haus hinüberlaufen. Deutsche Uniform, grau. Oder täusche ich mich? In der Zeit.

An einem Dienstagnachmittag empfange ich Édouard. Ich habe mich fein gemacht: schwarzes Kostüm, schwarzer Hut, am Kragen der berühmte Veilchenstrauß. Die Sitzung dauert bis zum Abend.

Wie malt man Zeit? Wie man einen Blick zurück malt? Eine Sekunde?

Ich bewundere Édouard: Er malt Öl, ohne vorzuzeichnen. Ich schau mir seinen breiten Kopf an, den krausen Bart, sein Haar, sein Barthaar. Eine Transparenz, hinter der sich etwas abspielt, was sich nicht verbergen lassen will.

Wie festhalten, was nie anhält? Soll man es überhaupt festhalten? Ist es nicht besser, etwas zu malen, wie es verschwindet? Wenn ich etwas festhalten will, komme ich mir zu langsam vor. Die vielen Regeln machen mich noch langsamer.

Bei Tisch war wieder Edma schneller: Ich setze mich auf den freien Stuhl neben Eugène. Eugène erwähnt eine Reise. Mal- und Schreibpläne. Das soll er mir bitte genauer erzählen. Jetzt, sofort.

Die Köchin tischt einen Fasan auf, vielleicht auch Bœuf bourguignon. In der Türkei, sagt Eugène, esse man fast nur Lamm. Auf den reich verzierten orientalischen Speisekarten stehe ausschließlich Lamm. Konstantinopel ist die Metropole der Schafesser.

Neben Eugène komme ich mir unbelesen vor, aber keineswegs hoffnungslos. Ich besorge mir ein Buch von Darwin. Die Welt, nichts als ein allumfassender Wettbewerb? Darwin macht mich traurig.

Im Vergleich zu seinem Bruder ist Eugène schmal. Durch seinen Bart ist nichts zu sehen. Ein Gestrüpp, hinter dem er sich versteckt. Niemand kann sich verstecken, wenn er kein Kind ist.

A penny for your thoughts, sagt Eugène oft, wenn ich ihn ansehe. Aber ich verrate ihm nichts. Die Diskrepanz zwischen seinem Aussehen und wie direkt er etwas anspricht. Ich weiß nicht, ob ich den Bart wirklich wegdenken will. Er gibt dem Gesicht Raum. Ohne Bart ist es klein. Zu klein vielleicht.

Der größte Unterschied zwischen Eugène und Édouard ist die Farbpalette, die ich bräuchte, um die beiden zu unterscheiden.

Nach dem Dessert kehren wir ins Atelier zurück. Zu dem noch frischen Bild. Ich sehe Édouard den Pinsel nehmen.

Es ist doch perfekt, wie es ist, sage ich.

Édouard sieht mich fragend an. Er setzt ein paar Striche auf die Leinwand. Ich merke, wie ich die Luft anhalte. Als könne ich so das Bild schützen vor seinem Eifer.

Erst als er aufhört, atme ich wieder.

Und? sagt er.

Perfekt, immer noch, sage ich.

Er wäscht den Pinsel in Seifenlauge aus.

Wissen Sie, sagt er, dass Sie eine schöne und begabte Frau sind?

Als Maler, sage ich, dürfe er das Wort »schön« nicht so leichtfertig benutzen.

Ob ich nie ans Heiraten gedacht habe?

Ich verdrehe die Augen. Ob er nicht wisse, dass heiraten ein Synonym sei für nicht-mehr-malen-dürfen?

Das, sagt er, hängt davon ab, wen man heiratet.

Wie könne man das wissen, sage ich und lache.

Sie sind schön und klug. Atemraubend.

Sie wiederholen sich, sage ich. Soll das jetzt ein Doppelporträt von mir werden?

Und stur sind Sie, fährt er fort.

Ich warte.

Sie sind wie geschaffen für meinen Bruder. Meinen Bruder Eugène.

Jäh schaue ich weg. Als hätte der Klang des Namens mich aus dem Bild geschleudert.

Sie sprechen also im Auftrag von Eugène?

Nein, sagt Édouard, Eugène würde nie gestatten, dass ich mich einmische.

Das macht ihn sympathisch, sage ich, reiche Édouard ein Tuch für die Hände und gehe, während er sie trocknet, aus dem Zimmer.

Er wiederholt sich nie, mit keinem Bild.

Irgendwann ist es so weit: Edma kippt aus dem Rahmen. Sie heiratet einen Marineoffizier. Meine Fragen und Kommentare schlucke ich hinunter. Ein unverdauliches Knäuel. Als hätte ich Terpentin geschluckt. Ich flüchte in mein Reich. Mit wem soll ich jetzt streiten? Mit wem über Motive reden. Eine verheiratete Schwester ist kein Motiv, sondern eine Erinnerung daran, dass man selbst allein ist.

Es kommen Briefe von Edma: Sie sehne sich nach dem doppelten Boden. Nach dem Geruch von Ölfarbe, wenigstens für fünf Minuten. Wenn ich das lese, muss ich weinen. Ich binde einen Strauß aus Sonnen- und Mohn- und Feldblumen. Kaum habe ich den Pinsel in der Hand, fallen die Blütenblätter auf den Tisch. Blüten trocknen schneller als Öl. Ich sammle sie. Sobald sie trocken sind, zerreibe ich sie und streue sie auf meinem Bild aus.

Allein, schreibe ich an Edma, wird man traurig. Egal, was wer sagt oder tut, eine Frau braucht Zärtlichkeit. Eine Frau kann sich nicht in sich selbst zurückziehen. Sei froh, dass du einen Mann hast, der dich liebt, dich allein. Hier im Atelier wiederholt sich ständig alles: Herumstehen und nicht wissen, was man will, und wissen, was man kann – das ist auch sinnlos.

Wie tröstlich es ist, Edma zu trösten.

Ihre prompte Antwort fällt knapp aus: Schwanger.

Ich habe sofort den plastisch gewölbten Bauch im Kopf. Als ich die Schwangere male, ist es, als malte ich mich selbst. Ein Weltbild, das mit mir übereinstimmt. Ein Selbstporträt von der Welt. Ich in einem anderen Leben. Dabei ist es mein eines Leben, das weitergeht: Im Winter stirbt der Vater.

Im Sommer fahre ich mit Mutter und Édouards Familie in die Normandie. Am Meer mit Eugène: Malen und Schwimmen.

Eugène liest Zeitung, alle Pariser und Londoner Blätter, jeden Tag. So wie ich jeden Tag schwimmen will. Und natürlich malen. Am besten beides in einem. Leuchten und beleuchtet werden.

Wenn er mich zum Hotel zurückbringt, klingt Eugène manchmal, als seien der Prince of Wales, der Duc de Mouchy seine alten Bekannten.

Und er sagt Sätze wie: *Es ist so traurig, um den Mond zu werben. Die Sonne verbrennt sich daran.* Er würde mir, sagt er, gerne tausend Jahre lang den Hof machen, wenn er mich wenigstens einmal die Woche sehen dürfte. Ihm zuliebe müsse ich nicht anfangen, Voltaire zu lesen, es genüge, dass ich malen könne, und außerdem hätte ich Darwin gelesen. Übrigens: Er mache keineswegs traurig, und ja, Darwin sei Frauenlektüre, unbedingt.

Ich verstehe diesen Mann nicht. Wenn wir zusammen sind, fühle ich mich als Malerin. Ich spüre seine Begeisterung, von mir, von meinen Bildern. Er ist klug. Er ist gebildeter als sein Bruder. Was er nicht kann wie sein Bruder, kann ich: Malen.

An einem windigen Tag sitzen wir am Strand und skizzieren die Boote, während sie gebaut werden, während die Uferwellen sich wund lecken an ihnen. Während der Wind dunkle Wolken über die Leinwand treibt. Und Haarsträhnen wie Meersalz aus meiner Frisur. Eugène hat nur Augen für mein Bild. Es hat, was ein Bild braucht, sagt er. Ich solle es mit nach Paris nehmen. Paris hat gute Bilder nötig. Es gibt so viele schlechte. Mit Kühen, bei denen man nicht wisse, wo Kopf sei, wo Schwanz. Eugène prophezeit mir Erfolg. Glauben Sie mir, ich weiß es, sagt er, wenn ich zweifle.

Dann schaut er mich an, doch noch. Mein sonnengebleichtes, windzerzaustes Haar. Ich sehe sein Entsetzen.

Gehen wir, sagt er und wendet sich ab, bevor Sie sich auflösen.

Wenn ich mein Haar unter Kontrolle habe, ist er heiter. Dann zeigt er mir seine Aquarelle. *A penny for your thoughts.* Er versucht in mir zu lesen. Sucht nach Begeisterung. Ich tu ihm den Gefallen, beginne zu schwärmen. Ohne Punkt und Komma. Eugène legt seinen Arm um mich. Ein Wort, ein türkisches: *Kuzucuk,* mein Lämmchen. Pikanter kann man eine Frau in der Sprache der Schafesser sicher nicht bezeichnen.

Zurück in der Muttersprache sagt er, seit er mich auch noch in dem Kostüm gesehen habe, das er Mademoiselle M.s Triumph nennen müsse, sei er hingerissen. Mich, seine Göttin, wolle er ehren, wie es sich für eine Göttin gebühre.

So viel Pathos hätte ich von einem Intellektuellen nicht erwartet.

Im Herbst geben wir unsere Verlobung bekannt. Ich arbeite. Im Dezember heiraten wir. Ich im dunklen Kleid, schlicht, in Trauer. Das ist mein Leben, nicht mein Bild.

Donnerstags kommen die Freunde zu Besuch. Jean-Pierre, Édouard, Claude, Émile, Edgar und wie sie alle heißen. Ich lasse exotische Gerichte servieren: Reis mexikanisch.

Eugène sucht in aller Welt nach einer Stelle und findet keine. Ich male ihn. Ich zeichne ihn. Öl und Wasser. Wenn er nicht gerade Zeitung liest oder schreibt, hilft er mir Leinwände aufzuspannen oder grundiert sie. Er misst Bilder ab und wählt Rahmen aus. Er sagt mir, wie gut die Bilder sind. Er diskutiert Motive. Mein Motiv ist Edma, die mir nicht mehr fehlt. Eugène sitzt Modell. Er hängt meine Bilder an die Wand. Ich produziere, so viel habe ich nie zuvor produziert. Und nebenbei: versuche ich, schwanger zu werden. Es ist zu spät. Ich war immer schon zu langsam. Und das Leben wird immer schneller.

Im April stelle ich mit den Impressionisten aus.

Wie eine Katze, die über die Tasten eines Klaviers läuft, oder wie ein Affe, der einen Farbkasten zu fassen gekriegt hat, urteilt ein Kritiker über die Ausstellung. Ein anderer nennt uns Künstler *Geistesgestörte.*

Eugène will den Kritiker zum Duell herausfordern. Ich verbiete es ihm. Sind wir nicht alle Affen, bevor wir zu uns selbst werden?

Im Herbst stirbt die Mutter. Ich bekomme ein Mädchen, Julie. Ein Junge wäre mir lieber gewesen.

Erstens sieht das Baby sowieso wie ein Junge aus, und zweitens könnte ein Junge den berühmten Namen weitergeben. Und außerdem: Liebt nicht die ganze Welt, Frauen wie Männer, das männliche Geschlecht?

Nach Motiven muss ich nicht mehr suchen. Ich bin von Motiven umgeben. Julie und Julie und Julie.

Julie, an der Brust ihrer Amme. Ich selbst habe nie gestillt: Jede tut, was sie am besten kann. Julie mit Puppe im

Sessel, im Garten mit Blumen. Julie mit Eugène und Julie mit Geige. Was sie auch tut, sie ist immer Julie. Ich ertappe mich dabei, wie ich dieses Gesicht unbedingt festhalten will. Unbedingt, wie soll das gehen, in der Malerei? Jeden Blick von Julie will ich als Kunst. Die Kunst ist das Kind. Das Leben geht weiter.

Mann mit Tasche

Immer, wenn ich vor einem offenen Buffet stehe, vor einer perfekt auf Eis drapierten Fisch-Fleisch-Käse-Installation, hinterlegt mit dem grellen Grün einiger ausgewählter Salatblätter, muss ich an Sylvia Plath denken. An jene Szene ihrer *Glasglocke*, in der die New-York-Stipendiatinnen sich über das Hochglanzbuffet hermachen und niedersinken wie Werbeträger für Lebensmittelvergiftungen. Ich brauche auch gar nicht erst nach bräunlich verfärbten Blatträndern zu suchen oder nach einem schmierigen Film auf dem Käse. Nein, ein Buffet von Weitem genügt schon.

Trotzdem wollte ich möglichst nah ran. Wollte die ausgehöhlten Fleischtomaten sehen mit ihren weißen Mayonnaise-Herzen. Und die olivefarbigen Artischocken und die grasgrünen Basilikumblätter. Ich wollte sie sehen und ernsnehmen. So ernst, wie man etwas ernst nimmt, das man im nächsten Moment in sich hineinschlingt. Trotz der Plath-Geschichte mit ihrem jämmerlichen Ende versuche ich ein Buffet auch als das zu sehen, was es sein will: die Verkörperung des Schlaraffenlandes.

Wohin ich auch blickte, in allen Räumen dieser Privatgalerie herrschten paradiesische Zustände. Schönheit in lockeren Kleidern aus unerschwinglichen Schaufenstern auf Ottomanen, Designerhockern und wie gemalten Ziersesseln, bunte Drinks in den Händen und überladene Teller auf wohlgeformten Knien.

Im Hintergrund eine von den Gastgebern engagierte Band, die mühelos alle Gespräche übertönte. Ich weiß, Negerband sagt man nicht mehr. Aber afroamerikanisch traf es nicht, die Jungs kamen aus Guadeloupe. Und schwarz wollte ich sie auch in Gedanken nicht nennen. Erstens bin ich Malerin und kenne den Unterschied zwischen Hautfarbe und Schwarz, und zweitens muss ich bei Schwarz unwillkürlich an diese fiese Struwwelpeter-Geschichte mit dem Tintenfass denken. Auch farbig lässt etwas offen: den genauen Ton, die Helligkeit, das aufgesetzte Licht. Keiner hier, dachte ich, wisse, was es heißt, Hautfarben anzumischen. Vier Tuben: Rot, Gelb, Blau und Weiß. Hauptsächlich Weiß. Ich habe diese Hautfarbe lange geübt. Damals lebte ich in New York, studierte noch und hatte eine Liebschaft, ja so möchte ich es jetzt, im Nachhinein, nennen, auch wenn es das nicht hundertprozentig trifft. Etwas sehr Abenteuerliches, Wildes, mit einem Security Guard, den ich an genau so einem Buffet getroffen hatte. Ich sah ihn und wollte ihn malen, wie ich damals alles, was ich sah, malen wollte.

Er sei indianischer Abstammung, sein Urgroßvater ein American Indian. Ich suchte sofort nach Zeichen. Ich wollte ihn malen, weil ich ihn, ganz naiv, einfach schön fand, schön, wie ein Symbol für Schönheit. John und seine Ähnlichkeit mit Cassius Clay. Ihn und seine Ähnlichkeit mit Mapplethorpes Mann im Anzug. Seine Ähnlichkeit mit Othello. Mit Hannibal, Herakles, Sappho.

Natürlich war er nicht bereit, still zu sitzen. Und schlafend wollte ich ihn nicht malen. Das hätte auch überhaupt nicht zu ihm gepasst. Er hat sowieso kaum geschlafen. Wir haben die Nächte durchgemacht. Nach der Uhr richtete er sich nur, wenn er morgens zur Arbeit ging, im YMCA um die Ecke. Er war so einer, der andauernd etwas unternimmt, der Immer-Aktive. Und doch gab es die seltenen Momente, in denen er sich um nichts kümmerte. Nach der Liebe (die zu jeder Zeit stattfinden konnte, sollte, musste) z. B. wehrte er sich nicht. Er ging dann zum Waschbecken, spritzte Wasser in sein Gesicht, ließ es trocknen an der Luft. Drückte Mayonnaise aus einer Tube in ein Schälchen (so wie ich die Farben aus den Tuben auf die Palette), öffnete eine Büchse Sardellen, kippte sie zur Mayonnaise und zerdrückte alles mit einer Gabel zu einer gräulichen Pampe, die er auf ungetoastete Toastbrotscheiben strich. Zum Essen kam er zurück auf das schmale Bett. Es stand mit der Kopfseite zu einem Fenster, das ich nie gesehen habe. Ein Fenster, verdeckt von einer Jalousie, auf deren wachstuchschwarzer Haut sich das Licht eines Lichtschachts abzeichnete. Ein winziges Zimmerchen, das John sich im zwölften Stock in Midtown Manhattan leistete. Das waren meine Momente: Er, noch nackt oder fast, aß diese laschen Brote, eins nach dem anderen und blätterte in einem Modemagazin.

Die Hautfarbe hatte ich schon angemischt, und während ich malte, erzählte er, dass er demnächst mit einem Freund eine kleine Saftbar eröffnen wolle in Florida, und redete von Mangos, Kiwis, Pflaumen und Karotten, während ich die

Haut korrigierte und korrigierte, bis sie in einem grauen Matsch versumpfte. Auch das eine Möglichkeit von Gelb, Rot, Blau, Weiß.

Der Unterschied zwischen ihm und mir, dachte ich, seiner Haut und meiner Haut auf einem Bild, war gering, kein Gramm, kein Milligramm Weiß, Titanweiß. Woche um Woche verging, bis ich begriff, dass ich ohne eine komplexe, erfahrungsbedürftige Lasurtechnik zu keinem Ergebnis käme. Dafür aber fehlte mir schlicht die Zeit. Denn nach drei Monaten tag- und nachtunabhängiger Leidenschaft stellte sich heraus, dass wir uns zwar nicht nichts mehr zu sagen hatten, allein, dass die Vor-Gespräche, in denen wir versuchten zu den eigentlichen Gesprächen zu kommen, immer öfter dermaßen entgleisten, dass das, was wir uns dringend zu sagen hatten, gar nicht zur Sprache gebracht werden konnte. Ich glaubte, mich entscheiden zu müssen zwischen der akustischen Sprachebene und dem Inhalt. Und am Ende entschied ich: Der Ton macht die Musik. Ich verschwand, ohne John eine Adresse zu hinterlassen. Das Praktische an Städten wie New York: Man muss nicht untertauchen. Man geht einfach zur Tür hinaus, steigt in die U-Bahn und ist weg.

An diesem Frankfurter Buffet fehlte mir das Meer. Das Rauschen des Atlantiks. Aber vielleicht war auch nur der Garnelenberg zu klein. Oder die Lachskanapees waren zu wenig frisch?

Aber nein, neben mir der Mann mit der fast quadratischen Tasche widersprach. Frankfurt, sagte er, sei Europas größter Umschlagplatz für Meeresfrüchte – und was man hier bekomme, sei frischer als in Paris!

Aber es hilft alles nichts. Seit der Plath-Lektüre sehe ich in jedem Buffet einen in Eis gefrorenen Totenkopf schimmern. Das Vergängliche hinter der Pracht.

Oder die Anstrengung, die es kostet, schön zu sein, frisch. Das färbte sofort auf die Partygäste ab. Ich entdeckte Parallelen: die Übergänge zu Grau im Haar einer blonden Frau. Den Achselschweiß im Muster eines Männerhemds. Überkronte Zahnreihen, Haare an den falschen Stellen, übertünchte Löcher, Unebenheiten und Flecken der Haut. Und die Falten, die Falten! Aber dann wiederum, was ist schlimm daran, wenn die Leute schön sein wollen und ihre utopischen Erinnerungen vor sich hertragen wie die Hochglanzseiten der Modemagazine? Die Diskrepanz zwischen dem, was einer will, und dem, was ist, rückt doch seinen Einsatz ins Zentrum und macht den Menschen erst recht sympathisch. Warum nur kann ich ihn nicht mehr ernst nehmen? Tierisch ernst, meine ich. So ernst wie etwas, womit ich meinen Hunger stillen möchte. Dass mir ein Buffet dazu auch nicht genügt, bringt ja keinen um. Sollen sie zittern vor Anstrengung, dachte ich und sah, wie die Blonde neben mir sich abtupfte und den Schweiß die Stirn hinauf ins strähnig wirkende Haar schob. Was wird nur, dachte ich, wenn ich keinen mehr ernst nehmen kann? Dann bin ich plötzlich allein auf der Welt. Und das bringt ja nichts. Also bemühte auch ich mich: Erstens, so zu tun, als sei ich schön, und zweitens, den Mann mit der Tasche ernst zu nehmen.

Der Mann mit der Tasche. Gerade sprachen wir noch, und schon ist er ein Stück entfernt. Schön, dachte ich, schön ist der (und er weiß es auch). Er schaute über meinen Kopf die Exponate dieses jungen Leipzigers an. Ob auch er an die impressionistische Variante eines Alex Katz dachte? Ich beneidete ihn. Er war groß. Je älter ich werde, desto kleiner werde ich. Ist zwar nicht angenehm, aber eigentlich logisch. Kaum sind wir geboren, fangen wir an zu sterben. Wer hat das noch mal gesagt? Mit unerfreulichen Gedanken freundet man sich am besten an. Die Vorstellung eines Zeitraffers, wie man das von Keimlingen und Blüten kennt, finde ich tröstlich. Da ist das Leben nichts als eine kleine Bewegung auf der Leinwand. Die Ursachen bleiben unsichtbar, nur das Aufblähen ist zu sehen, das In-sich-zusammensinken. Das Verschwinden bleibt meistens ausgespart. Alles in allem könnte man's in acht Minuten hinter sich haben.

Durch die Tektonik der Galerieräume landeten wir immer in denselben Ecken. Wir strandeten sozusagen im selben Brackwasser. Die hübschen Bedienungen hüteten sich vor abgestandenen Ecken. Wir hielten unsere abgefingerten Gläser in den Händen. Zu weit auseinander, um unser Gespräch fortzuführen, wechselten wir Blicke. Seine Blicke: wie die eines Leuchtturms, der mich in seinem Rundum immer mal streifte. Meine Blicke, die seine erhaschten. Sie festhalten wollten in ihrem gondelnden Kreisen. Irgendwann, während einer guadeloupischen Improvisation auf *Underwater Love,* hatten wir dann doch einen gemeinsamen Punkt am Ufer des Buffets erlangt.

Als er von den Käsevariationen nur die Trauben pflückte, sie mit den Fingern abrieb und sich in den Mund steckte, fühlte ich mich ihm schon fast verwandt. Ich sah ihn noch einmal zugreifen. Er spießte mit einem Messer ein Stück Käse auf, hob es leicht an und zog ein großes Salatblatt darunter hervor. Den Käse ließ er liegen, das Salatblatt dagegen verschwand in seiner weißen Tasche. Er begann mich zu interessieren – ernsthaft. Ich stand seitlich hinter ihm. Er wirkte gradlinig wie Bauhausarchitektur, alt und jung zugleich. So einen Mann kann man nicht sofort duzen.

Ob ich denn keinen Hunger bekäme, von einem derartigen Anblick, sagte er.

Ich bin noch am Überlegen, sagte ich, ob ich heute einen Happen wagen soll. Ja, wie wunderschön der Lachs auf seinem Bett aus Kopfsalat aussieht, aber, kennen Sie die *Glasglocke* von Sylvia Plath?

Nein, er schüttelte den Kopf.

Ich fragte, ob er empfindlich sei, worauf er mit den Schultern zuckte und eine Hand an sein Ohr legte.

Ich rief, ich wolle ihm nicht die Lust am Buffet verderben, und er, jetzt sei er aber neugierig.

Natürlich war es viel zu laut. Ich brüllte, dies sei kein Raum des Erzählens. Er könne die Geschichte aber nachlesen. Ich würde ihm die ISBN-Nummer zukommen lassen.

Flink wie gezaubert hatte er ein Kärtchen in der Hand. Hatte er es aus der Tasche gezogen? Gesehen habe ich nichts. Victor, las ich. Gott sei Dank, Victor gefiel mir. Wenn mir ein Name nicht gefällt, fällt mir gleich nichts mehr ein. Statt zu lesen, was da sonst noch stand, landete die Karte in meiner hinteren Hosentasche. In meinem kleinen portablen Büro. Alles Mögliche bringe ich darin unter. Notizen, Quittungen und Fahrscheine, Geldscheine und Bankauszüge – und eben auch Kärtchen. War aber auch ein bisschen wie russisches Roulette, mein kleines Arsch-Büro. Einiges rutschte nach oben (noch so eine chaotische tektonische Bewegung) und fiel raus. Anderes aber blieb. So entschied sich mein kleines Schicksal in meiner linken hinteren Hosentasche. Diese Mischung aus Glück und Pech, die sich mein Leben nannte. Mein Leben! Nichts als eine Mischtechnik!

Ich steckte das Kärtchen dorthin, wo ich im Moment nur meine EC-Karte fühlte. Und kaum trug ich Victors Kärtchen am Arsch, schob es ihn fort von mir. Er winkte noch mal und verschwand in den Fluten der Gäste. Machte aber nichts, weil ich sowieso nach Hause wollte. Ein wenig lesen im Liegen. Ich bahnte mir einen Weg hinaus.

Hallo, sagte eine Stimme.

Victor. Er streckte den Arm, die Hand nach mir aus, wobei ihm seine Tasche im Weg war. So, fast ohne Barriere zwischen uns, wirkte er größer, noch älter. Oder erwachsener. Viel erwachsener, als ich mir mich vorstellen wollte.

Ich sagte, ich laufe nach Hause, zeigte nach links und lief los, Richtung Westen, dort, wohin in Frankfurt nachts nichts mehr fährt, und er lief neben mir her.

Auf einmal wirkte er perfekt. Sein Kopf, nachgezeichnet durch das bleistiftspitzenkurze Haar, sein scharfes Profil, die opake, weiße Haut mit einer Andeutung von Sommersprossen, die leichten Schuhe, die Größe und Form seiner Brille, sein faltenloses Leinenjackett … sodass ich mir unproportioniert, undurchdacht und verschwitzt vorkam. Und seine Tasche! Wie neu und doch gebraucht. Gut gefüllt, nicht übervoll, sah aus, als sei sie so gekauft worden. Gut gefüllt. Vielleicht gab's das ja neuerdings, eine Art Luxusausgabe der Wundertüte. Ich tastete heimlich nach meinem kleinen Büro. Ich wollte verhindern, dass Victors Visitenkarte rausrutschte und vor seinen Augen auf der Straße landete.

Später saßen wir uns in einer Bar gegenüber. In einer von exotischen Pflanzen umwucherten Nische bei schummrig-pazifischem Licht. Zwischen uns fette tropische Drinks. Victor hatte Tasche und Jackett abgelegt und erzählte, er sei in Frankfurt, um Geld zu verdienen. Und darüber, dass es nicht schwer sei, wenn man den Trick raushabe. Und über die Konjunktur. Er schien nicht zu schwitzen in seinem schneeweißen Hemd. Sollte mich das freuen? Oder entsetzen. Ich war mir nicht sicher. Auf jeden Fall hoffte ich noch, dass er mir das mit dem Geld verraten würde.

Eine Stadt in der Nacht. Eine Bar in der Stadt. Ein Mann in der Bar. Und in meinen Augen ein Tier. Es saß auf seiner Schulter. Hatte er es aus seiner Tasche gezogen? Gesehen habe ich nichts.

Es war rosarot. Hautfarben mit einer Spur Sand.

Ein Chamäleon, sagte er und blickte das Tier aus den Augenwinkeln zärtlich an, blieb aber beim Geld, seinem und meinem, von dem er inzwischen wusste, dass es stets zu wenig war. Er sagte, es sei eine mehr als deutliche Tatsache –

der Finanzwirtschaft, der weltweiten Finanzmärkte –, dass heutzutage keiner mehr die Fäden in der Hand halte.

Das Chamäleon hingegen saß wie von Fäden gehalten reglos auf Victors Schulter. Oder einfach nur satt und zufrieden?

Ich sah, wie es allmählich verblasste. Weiß wurde. Weiß wie Victors Tasche. Sein Hemd. Seine Haut. Aber auch ein bisschen, als verschimmle es vor meinen Augen.

Ich fragte noch einmal nach dem Trick mit dem Geld, aber Victor redete von einem möglicherweise bevorstehenden Börsencrash. Er ließ sich nicht unterbrechen.

Erst später unterbrach er sich selbst, um mal wohin zu gehen. Das Chamäleon thronte auf seiner Schulter wie ein Gargoyle auf einem Kirchendach. Victor hatte seine Tasche dagelassen. Er vertraut mir, dachte ich und war gerührt. Aber dann konnte ich nicht anders. Ich zog den Reißverschluss auf. Im rosa Futterstoff lag eine Tasche. Ich nahm sie heraus. Zog den Reißverschluss auf. Rosa Innenfutter, eine Nuance dunkler. Eine Tasche. Ich zog den Reißverschluss auf. Im rosa Futterstoff eine kleine weiße Tasche. Ich zog den Reißverschluss auf.

Zu Buddha kamen keine Neurotiker

Zu Buddha kamen keine Neurotiker, sagt der Kursleiter. Sein Name ist Chris.

Die Frage, ob das spirituelle Suchen, auf das er bedeutungsschwer zusteuert, neurotische Dispositionen zwingend ausschließt, bleibt unklar. Egal. Denn die eigentliche Frage, die ich mir stelle, ist: zu welcher Gruppe er mich zählt. Ich jedenfalls zähle ihn zu den Guten. Zu den Fitten, Entspannten und Muskulösen. Auf seinem Kopf fehlen die Haare und in meinem Herzen der Mut, ihn mit Fragen zu löchern. Alles, alles behalt ich für mich.

Die Schmerzen in Knien und Schultern. Meine Schultern sind, so wie sie sind, festgewachsen. Wenn ich vor dem Spiegel stehe und die Arme hängen lasse, dann sehen sie aus wie die traurigen Hälften eines japanischen Bogens. Wie bei diesen Männern, die zu viel im Studio trainieren. Die sich Körperpanzer zulegen.

Chris schließt die Augen. Und alle im Kreis schließen die Augen. Früher, wenn meine Schwestern »Tot« spielten, schlossen sie die Augen. Blieben wehrlos. Ließen alles mit sich machen. Die schlaffen Glieder verbiegen, die geschlossenen Augen aufziehen. Und alles prinzipiell im Liegen.

Chris sitzt vor mir. Sein Gesicht ist erwachsen. Glatt die Haut. Und die Nase eine richtige Nase, und der Mund ein richtiger Mund. Und die Wölbungen unter den Lidern. Alles ausgeprägt und zueinander passend. Diese Eindeutigkeit, diese in sich ruhende Entschiedenheit. Und all dies – alles an ihm – ist reine Form. Gefasst von jener glatten Haut, von der ich auf den Rest des Körpers schließe. Selbst die Faltungen seiner weißen Kleider, die ihn doch eigentlich verbergen sollen.

Achtet auf den Atem, sagt er.

Er atmet laut. Atmet ein, atmet aus, aus, aus.

Strömen lassen.

Seine Stimme ist tief. Die tiefe Tiefe des Gebietenden, dessen, der die Gebote transportiert. Er transportiert sie deshalb, weil er sie lebt. Und er lebt sie, weil sie ein Medium brauchen, in dem sie atmen. Und sie atmen, weil er atmet, und er, weil er wahrscheinlich eine Frau hat. Und ein Kind? überlege ich. Und wie er mit ihnen redet, wenn es darum geht, die Hausaufgaben zu machen oder den Müll rauszutragen. Und wie es wohl aussieht in seinem Wohnzimmer.

Leer werden, sagt er.

Leer, denke ich. Und ob er wohl einen Fernseher hat?

Ich schaute einen Film über Löwen, als das Telefon klingelte. Ich nahm den Hörer zum Sofa mit, um nichts zu verpassen.

Mona? Lange nicht gesehen.

Ich kannte die Stimme.

Steig in den Zug. Fahr her, jetzt gleich.

Fred, sagte ich.

In der Tür stand Victor und sah wie ein Raubvogel aus. Ich war nicht die Beute. Er war scharf auf das Hin und Her zwischen uns. Ich wies auf den Bildschirm. Die Löwen hatten ein Tier aufgespürt. Den kleinen Eber. Reglos duckte er sich in der Höhle an seine Mutter. Man konnte sein Herz schlagen sehen. Eine kleine, soundunterstützte, rhythmische Erschütterung durch den jungen Leib.

Victors Blick versuchte meinen Blick abzufangen. Lautlos zeichnete er mit dem Finger Netze in die Luft. Ich legte die Hand über die Muschel. Dachte, gleich explodiert er. Aber schlimmer. Statt zu schreien, begann er zu flüstern. Sein Gesicht lief an. Er keuchte, verhaspelte sich. Er verlangte den Hörer. Er wolle mit Fred sprechen. Über mich.

Nur über meine Leiche, sagte ich und hörte Fred.

He du, was ist? Hast du schon alles vergessen?

Nein, nein, sagte ich.

Die Löwen zerrten den kleinen Eber aus der Höhle. Er sträubte sich. Die Löwin schlug mit der Pranke zu, mehrmals mit derselben. Drückte ihn nieder, beugte sich über ihn, grub ihre Zähne in Zeitlupe in seine Kehle und wartete.

Fred sagte, Es ist so weit. Ich bin Chef.

Und ich, die Hand über der Muschel, Lass mich endlich in Ruhe.

Wenn ich daran denke, wie ich da saß und in Minimallautstärke zu Victor hinredete, eine Spur lauter zu Fred – ich weiß nicht, was wer überhaupt verstanden hat. Und wir sprachen so lange im Kreis herum, bis Victor die Kurve nicht mehr kriegte.

Der kleine Eber bäumte sich noch einmal auf. Die Kamera zoomte seine Mutter ins Bild. Die rührte sich nicht. Ihre Augen funkelten. Sie sah den Löwen zu, die sich wie auf Kommando um den kleinen Eber platzierten. Ihm die Haut vom Fleisch und das Fleisch von den Knochen zerrten. In so einer gespenstisch ruhigen Konzentration und im Gleichtakt mit den elektronischen Bongos im Hintergrund.

Victors Arme schlugen durch die Luft, als wären wir im Krieg, und ich arbeitete für den Feind. Er schlug mit der Faust gegen die Wand (dreimal) und schrie auf. Bestimmt hatte er sich verletzt, irgendein Knöchelchen der Mittelhand gestaucht oder gebrochen. Er rannte hinaus, räumte das Feld.

Was ist, hörte ich Fred. Ist irgendwas?

Nein, nein, sagte ich. Alles okay.

Nehmt die Außengeräusche wahr.

Ich verfolge, wie Chris sich die Hand auf den Bauch legt.

Denkt an nichts. Macht euch keine Vorstellungen. Es geht darum zu spüren, was in euch geschieht.

Das ist gut, denke ich. Das trifft sich ja wunderbar. Denn das Einzige, wovon ich keine Vorstellung habe, denke ich, ist: Wie es ist, keine Vorstellung davon zu haben, wie es sein könnte, wenn es nicht so wäre, wie es ist. Nicht so unerträglich, wie es ist.

Gegen Veränderung hätte ich nichts einzuwenden, sagte ich zu Fred. Im Prinzip häng ich doch nur als Mädchen für alles im Empfang rum. Leite Anrufe weiter, Besucher, UPS-Jungs, Fahrradkuriere, ihre Briefe und Pakete und sitze bei den Blumen fest … bei der Blume. Der einzigen, die in dieses Entree aus Stahl und Glas passt: die vorbildliche Calla. Nie lässt sie den Kopf hängen. Fünf Tage ist sie reine Präsenz, elegant, weiß und stolz wie ein Hut von Jackie O. Dann stirbt sie. Ob Blumen Angst haben?

Sterben, sagt Chris, werdet ihr alle. Wann, wisst ihr nicht. Weiß keiner. Ändern könnt ihr's nicht. Kann keiner. Aber was ihr im Leben tut, liegt in eurer Hand. Tut, was euch wichtig ist. Wirklich wichtig.

Damals hatte mir Victor eine Liste übern Tresen geschoben. Später sagte er, als er mich gesehen habe, sei ihm die Blüte aufgefallen. *Ich hab dich gesehen, und mich traf die Calla!*

Schicken Sie Herrn X zu mir hoch, hatte er gesagt.

Selbstverständlich.

Sagen Sie Frau Y bitte, ich bin nicht an meinem Platz.

Sondern?

Beim Koreaner. Mit Ihnen.

Unmöglich. Vor sechzehn Uhr dreißig.

Also, sechzehn Uhr dreißig.

Ich hörte Fred atmen an meinem Ohr.

Du bist wichtig für mich, sagte er. Ich rechne mit dir.

Solche Sätze sind wichtig für mich. Ich fühle mich beschützt von ihnen. Wenn man wichtig ist für einen andern, ist das, wie wenn man Geld auf dem Konto hat. Auch wenn man sich nichts dafür kaufen kann.

Im Zimmer nebenan hörte ich Victor. Wieso ruft der überhaupt an, schrie er. Will er dir dein Geld zurückzahlen?

Auch so eine Geschichte. Ich hätte ihm nichts erzählen sollen. Er hätte nichts erfahren dürfen von Fred und mir. Und nichts von dem Geld. Aber Victor hatte mich ausgehorcht zu einem Zeitpunkt, als die Luft noch rein war zwischen mir und ihm. Sie begann zwar gerade, sich aufzuladen, aber vorläufig saßen wir nur in dem Restaurant mit den tausend Aquarien. Und bewunderten, wie die Koreanerin ein Tablett mit acht Kristallweizen über ihrem Kopf balancierte. Vielleicht nur um von der Miniaturakrobatik abzulenken, begann ich zu erzählen. Und landete bei Fred. Und Victor stieg drauf ein. Sofort. Fragte nach. Wer sich von wem getrennt habe und so. Über den Esstisch hinweg, über Kimchi und Brugogi, über eine Schale Krabbenchips und einen Topf Klebreis. Und in dem Moment schien alles so ... so objektiv ... und wir kamen ins Reden. Und hätten uns einfach küssen sollen. Wäre besser gewesen. Küssen hätte uns die Mäuler gestopft. Aber das Küssen blieb uns im Hals stecken, bis es nur noch ein In-Gedanken-Küssen war.

Unsere Hände mit den Stäbchen fuhren durcheinander hindurch wie Radfahrer im Pekinger Gegenverkehr. Berührten einander flüchtig. Berühren? Ich weiß nicht. Es war, als ob seine Hand dicht neben meiner Hand einen Faden in ein Nadelöhr einfädelte, so vage zärtlich und vielversprechend.

Wir saßen am Tisch in der Seeigelecke. Ich trank Bier, schlappes japanisches, und noch eines – Fische schwebten vorbei wie riesige Schmetterlinge. Ich kam mir vor wie woanders. Wie in Berlin oder in Hamburg. Vielleicht auch in Hongkong. Wir redeten abwechselnd, und abwechselnd vom Vergangenen und vom Künftigen.

Victor wollte vor allem eins wissen: Wer sich von wem und wann getrennt habe.

Ich, sagt Chris, erzähle euch hier ziemlich viel. Ziemlich viel Abstraktes. Aber darum geht es nicht. Es geht um euch. Um eure Erfahrungen. Ohne Erfahrung nützt euch die Abstraktion nichts. Das ist wie mit einer Wanderkarte, sagt er. Und dass keine Karte der Welt eine Wanderung durch die Berge ersetzen könne. Die meisten von uns stünden ganz am Anfang. Er schaut durch uns hindurch, als sehe er alle und keinen.

Wetten, sagt er, ihr seid unzufrieden. Mit euch, mit eurer Situation, mit der ganzen Welt. Ihr fragt euch, wie ihr da hingekommen seid. Und wie ihr von da wieder wegkommt. Ich könnte euch sagen, wie. Aber das brächte euch keinen Schritt weiter.

Klingt ganz so, als sei er froh, nicht zu denen zu zählen, die er mit »euch« bezeichnet. Die Leute in dem Kreis, in dem ich auch sitze. Von mir aus betrachtet, bin ich ganz seiner Meinung. Ich möchte auch nicht zu denen gehören. Ich seh mich, egal, was er sieht, an seiner Seite. Chris ist mein Anfang.

Am Anfang glaube ich immer an das Gute. Und an die Wahrheit. Ich will sie hören, sie sagen. Am Anfang bin ich von Wahrheit durchdrungen. Am Anfang bin ich ein halbes Orakel, die redliche Hälfte.

Am Anfang saß ich Victor gegenüber und erzählte von Fred. Unsern gemeinsamen Projekten. Von diesem einen Sommer, in dem alles so gut lief.

Wir beflügelten einander ziemlich, sagte ich.

Wir haben Ideen gewälzt ... bis sie aufhörten, seine zu sein oder meine, bis sie ganz sie selbst waren, Gestalt annahmen, zweiundsiebzig Punkt groß. Ich saß am Computer, entwarf Plakate. Maßstab hundert zu eins. Flächige Layouts. *Das Internationale Unsichtbare*. In zartester Helvetica (UltraLightExtended): Du verstehst?

Nein, sagte Victor. Was soll das sein?

Es ging um den Verbund von Schönheit und Ökonomie. *Beauty without irony*. Lass es einfach auf dich wirken, sagte ich. Bis es den Nerv trifft.

Die Luft schwirrte nur so von Ideen, und wir haben sie wimbledonmäßig zwischen uns hin und her geballert, bis uns die Sponsoren ins Netz gingen. Die Gelder schossen in diesem kurzen Sommer aus dem Boden wie Pilze. Von den ersten Einnahmen kauften wir Markenklamotten. Wer sich wohlfühlen will, muss auch danach aussehen. Fred im Anzug. Kräftige Farbe, italienischer Name. Ich in ausgeblichenen T-Shirts und Jeans und drunter das sündhaft Teure. Push-ups und Strings. In den Geldgeberrunden, wie wir sie nannten, um nicht Arbeitgeber zu sagen, hing ja auch unsre gesamte Existenz an seidenen Fäden. Es folgten Projekte, die Projekte gebaren.

Eines schönen Tages kam Fred aus der Innenstadt zurück und behauptete, er habe den Vorsitzenden einer Jury für Design und Interdisziplinäres, einen gewissen Dr. Letze, erkannt, wie er, verschwitzt und mit hochrotem Gesicht, aus dem *Herzen-ohne-Schmerz-Zentrum* gekommen sei.

Bist du sicher? sagte ich.

Hundertprozentig. Der von der Zeitung, sagte er, der nebenbei an der Uni …

Und hat er gesehen, dass du ihn gesehen hast, wollte ich wissen.

Ich glaube nicht.

Manchmal fallen einem die Ideen irgendwie vor die Füße. Man muss ihnen nur aufhelfen.

Unsere Idee war nun, Akte nachzustellen. Pornografische. Und meine Aufgabe war es, zu recherchieren.

Bald stapelten sich die Videos in unserer Wohnung. Ich hockte auf dem Fußboden, sichtete Material. Ich versuchte, systematisch vorzugehen. Teenies und Lesben, Großmütter und Vergewaltigungen, S&M und Amateure, und paarweise so weiter. Mein Versuch, einen Überblick zu gewinnen, endete in der Erkenntnis, dass es schmerzhaft ist, von etwas ohne Gewicht bei lebendigem Leib verschüttet zu werden. Ich hatte nur noch das Bedürfnis nach Frischluft. Aber wie das so ist: Nachts, wenn ich die Augen schloss, hatte ich diese Paare im Kopf. Vor allem die Frauen. Was sie mit sich machen ließen. Und die Töne, die sie dabei von sich gaben.

Verstehen kann ich es nicht, sagte ich zu Fred. Aber ich möchte mal fühlen ... was diese durchgeknallten Frauen fühlen hinter dem, was sie vorführen.

Fred war Feuer und Flamme.

Lass einfach los, sagte er. Mach auf und werd wild.

Derart veränderte sich unser Sex. Wir setzten alles in Sicht- und Hörbares um. Wo wir uns früher (bevor er in mir kam) in Ruhe etwas erzählt hatten, begannen wir jetzt zu stöhnen und zu schreien. Fred setzte sich Masken und Helme auf und mir Perücken und Augenbinden. Ich setzte mich auf die Granitplatte in der Küche, und er stellte sich davor. Ich setzte mich auf das Cerankochfeld, und er stellte es an.

Unsere Bewegungen änderten sich, wurden hektischer, heftiger. Es sah aus – wir hatten es selbstverständlich aufgezeichnet –, als würden wir dafür bezahlt, es schnell und gründlich zu tun.

So ist es, wenn man loslässt, aufdreht und wild wird oder zumindest das tut, was man sich darunter vorstellt. Irgendwas Schwereloses bleibt auf der Strecke. Nein, nein, nicht die Geilheit. Die Raketchen starteten planmäßig durch. Hoben ab. Feuer und Flamme, Funken und Rauch. Und dann, im Verfliegenden, zeichnete sich etwas ab: Ich. Ich war nicht mitgekommen.

Vielleicht willst du zu viel, sagte Fred.

Zu viel? sagte ich. Mal angenommen, ich würde alle Pornos der Welt anschauen, einen nach dem andern. Ich müsste hundert Millionen Jahre alt werden!

Kurz darauf fegte die letzte Kommission unser letztes Projekt vom Tisch. Zu figürlich! hatte Dr. Letze in seiner Sauklaue über die Linie geschrieben, unter der die Worte »Begründung der Jury« standen. Und darunter, kaum lesbar, sein hakenförmiges Kürzel.

Wir auf Existenzsuche.

Zum Abschluss ein Mantra. Dass eine Stimme auch erschrecken kann, ist eine neue Erfahrung. Chris weiß, was er tut. Er summt an, alle stimmen ein. Alle möglichen und unmöglichen Stimmen versuchen eins zu werden.

In einem Kreis Mantra-Singender zu sitzen verleiht ein Schwarmgefühl. So wie in Vogel- oder Bienenschwärmen bestehen einzelne Stimmen stur auf eigenen Tonlagen. Sie bringen den ganzen Schwarm in ein entsetzliches, entsetztes Schwanken. Aber es so zu sehen ist ja vielleicht auch nur ein Zeichen, dafür, dass ich nicht dazugehöre.

Fred stand nicht mehr aus dem Bett auf. Ich versuchte, ihn zu locken. Stellte frisch gebrühten Kaffee hin, gebratene Eier, Kuchen.

Wie die Mama des kleinen Ebers, die nicht kapierte, dass ihr Junges längst aufgefressen war, redete ich auf ihn ein.

Steh doch auf, sagte ich. Oder: Da ist ein neues Bistro im Museum. Muss man gesehen haben.

Ein Glaskasten, in die uralten Sandsteinmauern gehängt. Drinnen riesige Pflanzen mit dunkelgrün fleischigen Blättern. Und Tag und Nacht tröpfelt Licht herein, als käme die

Sonne aus der Sprinkleranlage. Drinks mit den Namen unserer Götter.

Komm, lass uns was trinken. Frisch gepresste Erdbeeren, Kiwis und Mangos mit einem Schuss Leinöl für die tausend kleinen Augen auf der Oberfläche.

Die dich von unten anglotzen, als sei das Glas voller abgesoffener Hunde, sagte Fred und hob, zum ersten Mal an diesem Tag, den Kopf.

Victor hatte seine Essstäbchen auf dem Porzellanbänkchen abgelegt und gesagt, Du hast dich dann ja zum Glück bald getrennt von diesem Fred, diesem Versager.

Genau genommen, sagte ich, gab es nur den Tag, an dem wir uns zum letzten Mal sahen. Fred hatte seinen roten Anzug an. Es gibt Leute, die stecken in ihren Kleidern wie die Märchen in den Wörtern: als seien sie auf mystische Weise mit ihnen verwachsen. Niemand stört es, wenn sie sich gegenseitig auffressen oder versteinern oder in Schweine verwandeln. Und bei anderen, da verbindet sich nichts. Im Gegenteil, unablässig knistert und funkt es zwischen Haut und Stoff. Und so war das an diesem Tag bei meinem Fred und seinem Anzug. Ich sah ihn zur Tür hereinkommen und dachte sofort, sein Anzug hasse ihn, würde ihn am liebsten ausspucken. Ein neongräulicher Schimmer lag auf seiner Haut. Er wirkte krank. Sein Kopf saß wie ein kleiner Kirschkern auf den gepolsterten, roten Schultern. Ich sah ihn von der Seite an und überlegte, wie ich ihm das klarmachen sollte. Mir fiel diese griechische Geschichte ein. Von dem Königssohn, der mit geblähten roten Segeln heimgekehrt ist. Und der König hat sich beim Anblick des roten Segels in der Ferne ins Meer gestürzt …

Du täuschst dich, hatte Victor mich unterbrochen. Das Segel war schwarz. Schwarz für den Tod des Prinzen.

Jedenfalls eine schreckliche Geschichte, sagte ich. Ein schreckliches Missverständnis. Aber ich habe die Leute beneidet, so wie ich oft die Leute in Geschichten beneide, einfach, weil sie dort gut aufgehoben sind. Weil sie ein zu Hause haben in ihrer Geschichte. Auch wenn sie selbst ihre Geschichte nicht sehen können. Nur tun, was sie tun müssen, weil sie keine andere Wahl haben. Aber immerhin haben sie eine Geschichte, die sich selbst erzählt und erzählt. Und hinter ihrer eigenen gibt es immer noch eine größere. Und eine Geschichte nimmt die andere in sich auf. Verstehst du, was ich meine?

Victor schwieg. Er wirkte so überlegen, wenn er überlegte.

Ja, sagte er dann. Ich verstehe dich sogar sehr gut. Du wolltest ehrlich sein zu Fred.

Genau, sagte ich. Fred sollte wissen, was der Anzug ihm antat. Ich wollte konstruktiv sein. Ohne ihn zu verletzen.

Ich versuchte es noch einmal. Sagte, Schön sieht er nicht aus, dein Anzug, heute. Wie ein Burgundertopf … Aber Fehlschlag. Fred kapierte sofort.

Es gibt einen Punkt, sagte er, da ist die Distanz zu gering, um Witze zu machen. An diesem Punkt sind wir jetzt.

Ich kann über mich lachen. Aber du, erträgst du es, wenn über mich gelacht wird? Nein, du erträgst es nicht. Denn eigentlich bist du wie alle. Praktisch, unauffällig, abwaschbar.

Seine Beleidigungen gingen unter in einem Schluchzen. Als hätte er nicht mich beleidigt, sondern sich selbst. Er stand auf und fing an zu tanzen. Ich meine, da war keine Tanzfläche, und die Musik kaum zu hören. Aber er hat da getanzt, zwischen Tischen und Pflanzen. Er tanzte sehr langsam auf einen irre schnellen Beat, und ich sah ihn genau so in ein paar Stühle hinein tanzen und sie zum Kippen bringen. Ich hörte, wie der Barjunge zur Bedienung sagte, Sonst ist er noch bei Trost, der Alte, oder?

Wir hätten ins Kino gehen können. Was Lustiges. Oder Chaplin in einem Programmkino. Wir hätten nach Hause gehen, uns zu zweit in die Wanne legen und mit den platzenden Schaumblasen um die Wette flüstern können. Aber wir blieben. Warteten auf unsere Julia Roberts und unseren Hugh Grant. Als der Barjunge ein pinkes und ein grünes Getränk über die Theke schob, umarmte mich Fred.

Du musst mich einladen, sagte er. Ich bin pleite.

Als ich ihn an seinem Strohhalm saugen sah, der sofort durch das Fruchtfleisch verstopfte, habe ich ihm Geld versprochen. Er sah so … daneben aus in seinem – mehr fiel mir wirklich nicht ein – Burgundertopf.

Komm, gehen wir, ich will dich nackt sehen. Jetzt. Sofort.

Victor hatte mal wieder eine seiner souveränen Pausen eingelegt.

Und dann, stellte er nüchtern fest, dann hast du ihm Geld gegeben.

Genau, sagte ich. Nicht viel. Er sollte nur in Würde abhauen können. Später hab ich ihm mehr geliehen, sagte ich. Immer, wenn er angerufen hat, hab ich ihm was geschickt. Ich habe ihn vermisst.

Wie viel genau? wollte Victor wissen.

Acht. Acht oder neun. Insgesamt … über die Zeit … vielleicht zehn. Oder elf.

Elf, sagte Victor. Alle Achtung. Kriegst du's wieder? Ich kenne da einen Anwalt …

Ganz bestimmt, sagte ich. Irgendwann. Wir haben keinen Stress. Wir sehen uns nur nicht mehr.

Fred war von Anfang an eine feste vergangene Größe zwischen Victor und mir. Auch wenn ich spürte, dass ich nicht vermitteln konnte, was Fred mir bedeutete. Ich mag das Gefühl, dass mir einer Geld schuldet. Immer wenn ich mir was kaufen möchte, denke ich, du hast noch ziemlich viel gut. Solange eine gewisse Summe aussteht, bleibt sie für alles verfügbar. Für eine Reise ins Ungewisse. Für ein Grundstück irgendwo. Ein Haus auf dem höchsten Berg am Ufer des tiefsten Meeres, ein Pferd in einer unendlich großen Pferdefamilie … Ich glaube, wenn diese Wünsche je in Erfüllung gingen, ich würde verrückt werden.

Ich fühle mich ziemlich reich, sagte ich, verstehst du.

Nein, sagte Victor. In meinen Augen hast du dich freigekauft. Sei froh, dass der Spuk vorbei ist.

Wir haben doch alle dieselben Gespenster im Kopf. Geistern die nicht durch sämtliche unserer Vorstellungen? Haus auf dem Land, Wohnung in der Stadt, Freund, mit dem man auch Ohne-Sex könnte, Freundin, die einen auch mit akzeptierte. Ein Kind wie aus der Barbie-Kollektion. Brav und *brave* zugleich. Ein friedliches Kampf-Kind. Allen haushoch überlegen, weil es die Anpassungslehre früher begriffen hat als die andern. Und sich dagegen auflehnt und dennoch innerlich es selbst bleibt. Und Stress, natürlich, Stress, der in seinen Abschaffungskosten nicht das gesamte Monatsgehalt übersteigt. Und selbstverständlich Sicherheit. Und Selbstständigkeit.

S&S, sagte ich. Mehr war es nicht, was ich mir von Fred erhofft habe. Dafür habe ich alles getan. Ich habe bedient, geputzt, gestrickt, getippt. Alles, was du dir an Bs oder Gs vorstellen kannst.

Ich bin vielseitig, weißt du, flexibel, sagte ich, und das, klingt das nicht wie der Höhepunkt von S&S?

Ich glaube, du hast eine Schwäche für Schwache, sagte Victor. Ein Wunder, dass wir beide uns gegenübersitzen. Aber ich gehe davon aus, dass du dich verändern möchtest. Sonst wärst du ja nicht hier …

Sehr gerne, sagte ich.

Ich verstand nicht, warum er so misstrauisch war. Ich meine, eigentlich finde ich Misstrauen gut. Wenn einer im 21. Jahrhundert nicht misstrauisch ist, dann kann man ihm nicht helfen. Misstrauische haben einen ausgeprägten Sinn für Werte. Fast wie Zyniker. Denen bedeuten die Dinge noch was. Das Einzige, was ich bei Leuten hasse, ist, wenn sie nicht leisten, was sie leisten könnten. Unter ihren Möglichkeiten abhängen. Wenn ich das merke, ist es aus.

In dem Moment hat die Bedienung ganz zart die Rechnung auf den Tisch gelegt, und Victor legte ihr ebenso zart seine Kreditkarte hin.

Vergiss diesen Fred, sagte er.

Damals meinte ich, er habe es gesagt, weil er mich liebt. Und aus demselben Grund, dachte ich, hämmerte er jetzt im Nebenzimmer an die Wand. Weil er mich gernhat. Liebe sieht nicht immer nur schön aus. Wer sieht denn schon immer nur schön aus. Das schafft nicht mal eine Calla …

Hallo, hörte ich Fred. Bist du noch dran?

Ich sagte nichts mehr. Auch Fred schwieg endlich.

Ich werde warten, bis die anderen gegangen sind. Ich werde sitzen bleiben, als sei ich nicht bereit, aus meiner Schwarm-Existenz zu mir zurückzukehren. Ich warte auf ihn, denke ich und sehe, wie eine Frau zu ihm hingeht. Sie verbeugt sich vor ihm.

Darf ich Ihnen etwas sagen? fragt sie.

Wie peinlich, denke ich. Armer Chris.

Ja, klar. Chris nickt.

Als ich heute hierherkam, sagt sie, habe ich mich gefühlt wie ein Straßenköter.

Chris schaut in ihre Augen. Er nickt. Ernst.

Jetzt, sagt sie, fühl ich mich wie ein Hund, der im Tierheim angekommen ist.

Sie schauen sich ein paar Sekunden lang an. Dann, ich weiß nicht wer zuerst, fangen sie an zu lachen. Sie lachen mächtig. Was soll er auch tun, denke ich, wenn eine so ein Zeug redet. Armer Chris.

Sie lachen eine Weile, und dann verlässt sie rasch und grußlos den Raum.

Von Nahem sieht er älter aus, wehrhafter. Sein Blick pustet einen fast weg vor Direktheit.

Nicht schlecht, sage ich, wie du uns im Griff hast.

Er sieht mich an.

Wie du das machst, sage ich. Ich warte auf das, was er sagen wird. Und wie und wer von uns den Anfang macht. Lacht, weint oder einfach sagt, Ich glaube, ich bin angekommen.

Wir sprachen über die Fledermausfrequenz

Meine Freundin hatte angerufen. Wollte wissen, ob sie noch etwas mitbringen solle. Ich war gerade dabei, das Gemüse vorzubereiten. Und wie immer, beim Brokkoliputzen, hatte ich vom Dschungel geträumt. Von den grünen Wäldern und Dickichten, in denen riesige grüne Raupen leben.

Im grünen Dämmer gleiten sie an den mächtigen grünen Stämmen entlang. Senkrecht gibt es nicht. Nur rund und grün. Dicke Stämme verzweigen sich in dünnere. Verästelungen nach immer demselben Prinzip (Mandelstam). Und jedes Ästchen will Stamm werden. Und die dicken Stämme stehen im Finstern. Und oben im Licht, in den Kronen, blühen die kleinen um die Wette. All das ist Brokkoli.

Nein, ich habe alles, sagte ich zu meiner Freundin.

Was soll's denn geben?

Überraschung, sagte ich.

Überraschungspasta?!

Als ich nicht drauf einging, versuchte sie es über den Wein. Rot oder weiß? Was soll ich mitbringen?

Rot, auf jeden Fall rot, sagte ich, und dabei fiel mir ein, dass Victor immer meinte, ohne Farben schmecke alles halb so gut. Aber was ich koche, sei ihm zu grün.

Übrigens, sagte ich, heute vor zwei Wochen habe ich mich getrennt. *Ich* habe mich getrennt. Von Victor.

Ich wiederhole das Ich immer, weil die Nachricht sofort in veränderter Form zu mir zurückgeschwappt kommt. Früher mochte ich das Spiel: Man sagt etwas und wird nicht genau verstanden. Es gibt weder Gewinner noch Verlierer. Nur Missverständnisse. Und jeder im Kreis lacht auf Kosten der anderen. Manche Sätze schick ich noch heute ins Rennen.

Ich lebe gern hier. Was da alles zurückkommt: *Wie Liebe zu viert. Ich schleppe das Bier. Kleb dem Herrn's Tier.* Irre!

Aber auf Victor bezogen wollte ich unbedingt verstanden werden. Vor allem meine Freundin sollte das mehr als nur im Gedächtnis behalten.

Also noch einmal: Ich habe mich getrennt.

Komisch, sagte sie. Ich hab's genau andersrum gehört.

Von wem?

Von dir, sagte sie. Du hast es mir doch neulich gerade erst erzählt.

Unmöglich, sagte ich.

Und sie: Komisch, vielleicht schwingen in deiner Stimme Frequenzen mit, die du selbst nicht wahrnimmst. Nur die anderen. Wie bei den Fledermäusen … Möglicherweise teilst du auf einer speziellen Frequenzebene den Leuten etwas anderes mit, als du eigentlich sagen willst. So was soll vorkommen.

Da war ein Mann, in den sich haufenweise Frauen verliebten. Nicht, dass sie sich ganz normal in ihn verliebten. Sie waren betört von ihm.

Er unterrichtete Yoga, und über die Hälfte seiner Schüler waren Schülerinnen. Jede Dritte verliebte sich, und jede Fünfte dieses dritten Teils ließ sich zu etwas Dämlichem hinreißen, wie Anrufen und Auflegen, ohne was zu sagen, oder bei jedem Wind und Wetter, jeder Jahreszeit in durchsichtigen, ausgeschnittenen Tops zum Unterricht erscheinen, nur um ihm nahe zu sein. Und davon wiederum jede Siebte fand ihn schöner als den Rest der Welt.

Er ermutigte keine. Im Gegenteil, er betonte so beiläufig, wie es in seiner Lage möglich war, er sei verheiratet und habe eine kleine Tochter. Und so stand es ja auch in der biografischen Notiz seines Kurs-Flyers, der in Supermärkten und Bioläden hing. Das Problem war ganz plötzlich aufgetreten, es fiel wie aus heiterem Himmel über ihn her. Kaum dass er geheiratet und gezeugt hatte. Am ersten Abend, nach der Rückkehr vom indischen Honeymoon in Kerala.

Die Tage in Kerala, die täglichen Mantras.

Nach Yoga I, der Anfängerklasse, waren wie immer noch ein paar Schülerinnen geblieben, um Fragen zu stellen. Wie immer hatte er sie höflich beantwortet. Die Letzte hatte ihn in ein Gespräch zum Thema Ego und Weisheit verwickelt, und sie liefen nebeneinanderher. Sein Nachhauseweg war zu kurz. Er wohnte zum Glück nicht weit. Seine Frau, eine Mathematiklehrerin, war zwar überrascht gewesen, hatte aber sofort ein zusätzliches Gedeck auf den Tisch gestellt.

Mehr war da nicht. Nur, dass das Mädchen von nun an behauptete, er habe ihr seine Liebe gestanden, die sie erwidere, wie sie ihm in sich häufenden Briefen mitteilte. Oder durchs Telefon. Zu jeder Tages- und Nachtzeit. Auch der Nacht der Liebe folgt ein Tag, behauptete sie. Er schickte sie weg, sie ignorierte es. Sie bedankte sich für jedes Wort, für jedes Schweigen. Was ihn verunsicherte. Wenn er sie anschrie, bedankte sie sich für sein Schreien, nicht für das, was er schrie.

Und sie war nicht die Einzige, nur die Hartnäckigste.

Seine Frau, typisch Mathematiklehrerin, setzte das Mögliche als Potenz des Realen und kaufte im Großhandel zusätzliche Gedecke. Sie hatte ein großes Herz, dachte, das beste Heilmittel sei die Konfrontation mit dem erweiterten Begriff von Wirklichkeit: ein Abendessen im Kreis der Familie. Den Bewerberinnen zeigen, wie wenig Schnittmenge es zwischen ihnen und ihrem Mann gab.

Eines Tages stand er auf dem Bahnsteig. Wartete auf die U-Bahn. In Gerichtsbeschlussentfernung hinter ihm stand seine Schülerin. Er hatte in einem Kurs gelernt, sie zu ignorieren. Er konzentrierte sich auf den Screen mit der Werbung für ebendas Schmerzmittel, das er gerade geschluckt hatte, um wenigstens den Weg zum Zahnarzt (Weisheitszahn, unten rechts) schmerzfrei zu überstehen.

Als die Bahn angesagt wurde, überblendete der Schriftzug *Vorsicht! U-Bahn fährt ein!* die Werbung. Und als seine Stalkerin sprang, sprang auch er. Warf sich über sie. Riss sie von den Schienen auf das Schotterbett zwischen den Gleisen. Sie bedankte sich.

Ein Reflex, sagte er später. Und dass der Vorfall, der ihn fast das Leben gekostet hätte, ihm die Augen geöffnet habe.

Er verließ Frau und Tochter und zog mit seiner Schülerin zusammen. Sie sind ein Paar und betreiben eine Yogaschule.

Und du meinst, ich spreche, oder es spricht aus mir, ohne dass ich es weiß? Fledermaus? sagte ich.

Gut möglich, sagte meine Freundin.

Na, das kann ja lustig werden.

Und sie: Business-Girls deines Jahrgangs rennen übrigens, statistisch gesehen, eher in Terrorattacken als in den richtigen Mann.

Sagt welcher Statist, sagte ich. Na dann, bis später.

Wir legten auf, und ich nahm mir den nächsten Strunk Brokkoli vor, wusch ihn, schälte die holzigen Stämme, schnitt das weiche Innere in Stücke. Stellte den großen Topf auf den Herd und schaltete die Platte links vorn an.

Dass ich der Statistik längst nachgeholfen habe, zur Natur zurückzufinden, habe ich meiner Freundin verschwiegen. Ich habe eine Anzeige geschaltet und in drei Tagen zweiundzwanzig Rückmeldungen erhalten. War offenbar eine ziemliche Marktlücke, mein Text.

Und wie es dann so ist: Kaum hatte ich mich getrennt und kaum war die Annonce aufgegeben, wurde ich angesprochen. Auf freier Wildbahn. Die Straße ist der Ort, der mich schon immer passiv gemacht hat. *Aktiv-passiv*, sagt meine Freundin.

Solo schickst du aber ganz andere Vibes, sagt sie. So in der Art: *Hier, hier, hierher, Mann, sprich mit mir, mehr, mehr, schau mich an* … Wie dieser Typ im Film, der, in eine

Fliege verwandelt, im Netz der Spinne hängt und um sein Leben schreit. Keiner hört ihn. Und schon gar nicht seine Liebste.

Meine Freundin meint, schreien und nicht gehört werden sei wie schreien ohne Mund. Sagen lässt sich ja das einfach – mit Mund. Malen nicht, hab ich zu ihr gesagt. Auf Bildern ist immer ein Mund da. Und Schrei-Bilder seien deshalb so beliebt, weil man die Anstrengung des Schreis zwar sehe, das Bild aber stumm bleibe.

Auf der Straße bin ich auch immer stumm. Überhaupt in der Öffentlichkeit. Selbst wenn einer, der mir gefällt, an mir vorbeiläuft, um eine andere anzuquatschen, eine, die hinter mir steht. Bleibe einfach stumm. Schau zu, wie er zu ihr hingeht. Sie anspricht, anschaut. Mein Blick folgt seinem. Scannt, genau wie er, jede einzelne ihrer Augenwimpern ab. Und dann treffen sich unsere Blicke auf ihr, der Schönen, und genießen sie. Und feiern ein Fest. Und innerhalb von Sekunden ist sie durchlöchert von unseren Blicken.

Und trotzdem bleibt sie massiv vorhanden. Ich könnte zuschlagen.

Mir die Finger kaputt schlagen auf ihrem Gesicht. Oder seinem oder meinem.

Kann sie was dafür? Kann sie nicht. Wer kann was dafür? Die Filmindustrie. Danke, Hollywood, danke. So was hab ich dann immer zu Victor gesagt. Und: Ich geh nie wieder mit dir ins Kino, oder ähnlich Unhaltbares plus Verzweifeltes.

Dann gab es Diskussionen, Grundsatzdebatten, um Sehgewohnheiten, Schönheitsideale, Idole, die Frauen der Männer und die Männer der Frauen.

Deine Zeitung ist doch diesbezüglich ein reines Mitläufermedium, völlig d'accord! sagte ich, und Victor, dass er da ganz klar auf meiner Seite stehe.

Tat mir dann leid, weil ich ihn verantwortlich gemacht habe, für etwas, für das er nichts kann. Er war ja nur für die regionale Finanzwirtschaft zuständig. Aber gerade deshalb, hat er gesagt, werde er noch schizophren.

Eine Woche nachdem ich mich getrennt habe von Victor ... innerlich getrennt ... ging ich direkt von der Arbeit zum HL rüber. War spät dran, weil der letzte Kunde spät dran gewesen war und die Besichtigung ewig gedauert hatte und der dann rumgedruckst und Begründungen gesucht hat und nur noch Zets auf der Zunge hatte – die Wohnung sei zu dies, zu das, zu zu – statt einfach Nein.

Und ob ich nicht noch eine Alternative hätte.

Es gäbe da was, in der Lärchstraße. Ich schick Ihnen das Exposé.

Sofort fühlte ich mich erleichtert, leicht sogar, und alles ringsum war neu, das Straßenpflaster, die Häuser, das Licht. Nicht neu wie noch nie gesehen, eher neu wie im Frühling; oder wie wenn Christo ein verpacktes Haus wieder auswickelt. So leicht also ging ich im HL durch die Gänge.

Ohne jeden Kaufzwang. Fragte mich nur dauernd, was magst du, worauf hast du Lust, was kennst du noch nicht, Mangosalat, exotisches Zeug.

Von allem eine halbe Portion, bitte. Und Bier, eine einzige, kleine Flasche! Nie mehr Kästen schleppen! Und Putenschinken! Bye-bye Putenschinken, hallo Brokkoli.

Unter die Achsel geklemmt fühlte sich das an wie ein in Plastikfolie gewickelter Kinderkopf. Klebte leicht auf meiner nackten Haut.

Ich stellte mich an die Kasse, schaute mich um, welche Kasse und wo es am schnellsten ginge. Und: da stand er. Mein Blick schnippte sofort weg von ihm wie ein Flipperball. Durch die Supermarkt-Halle, an den Regalen entlang, wie Gursky mit seiner Hasselblad, aber wilder natürlich, viel wilder, dann wieder vor zum Fließband, und kam erst auf dem Brokkoli zur Ruhe, das auf die Kasse zufuhr.

Die Kassiererin packte und zog alles übers rote Lämpchen, mehrmals, bis es ziemlich laut piepte. PIEP. UND DU BIST MEIN.

Draußen war ich sofort wie besoffen von der Hitze.

Kein Victor, der sagte, Hilf mir mal. Ich schaff's nicht. Dieses Buch über die Brücke von Mostar. Ich brauch 'n *abstract*, wärst du so nett. Ich brauch's bis morgen.

Also lief ich auf dem breiten Trottoir nach Hause. Lachte über meinen eigenen Schatten. Schmal und schwarz, wie er war, mein Schatten. Kleines Äffchen, das sich an mich klammerte. Willst dich bei mir verkriechen. Soll dich beschützen. Glaub bloß nicht, ich leg mich deinetwegen mit der Sonne an. Such dir was Stärkeres. Mauern, Baumkronen, Hochhäuser.

Auf der andern Straßenseite eine Freundin auf ihrem Roller. Sie hielt, winkte, und ich ging rüber.

Sie sagte, Mit Victor bist du auseinander, oder?

Ja, sagte ich.

Immer das Gleiche, sagte sie. Die Männer. Sie hauen einfach ab.

Schön wär's, sagte ich.

Ach so, schade, der hatte was.

Ja, schade.

Mensch, sagte sie, Victor und du, ihr wart auf bestem Wege … Ist doch eigentlich ein guter Kopf. Der Arsch.

Wir verabredeten uns, um es ausführlich unter die Lupe zu nehmen.

Aber so was lässt sich nicht klären. Manchmal ist man zusammen und froh, oder man hält es aus, und es passiert was, und das hält man nicht aus. Und bleibt. Dann geht man. Kommt wieder. Haut ab.

Und allein, wie ist das?

Ach du, sagte ich, wo ich dich grad treffe, hast du schon mal Porno gesehen?

Sie lachte.

Was du alles wissen willst.

Und, muss man es gesehen haben? fragte ich.

Klar, sagte sie. Sie träume seither von Negern.

Und als ich tat, als hätte ich was überhört, sagte sie, Spaß à part. Warum nicht. Gehört zur Realität, oder.

Was sie damit meine.

Na ja, sagt sie. Man kommt doch gar nicht mehr drumrum. Haben doch alle längst gefressen. Schau dir die Werbung an. C&A und H&M und wie sie alle heißen, die sowieso schon Fusionierten. Okay. Sie müsse jetzt. Kind aus der Krippe holen. Und dann? Was Schönes machen. Mit Max.

Was? wollte ich wissen.

Ach, sagte sie, Schaukeln. Wir machen's uns schön. Gehen schaukeln. Vielleicht übermorgen, sagte sie. Da ist Max beim Vater.

Übermorgen, ja, sagte ich.

Die dunkle Seite von Brokkoli ist, dass er nach seiner deutschen Verwandtschaft riecht. Mittlerweile roch die ganze Wohnung nach Kohl. Ich schaltete die Platte runter, deckte den Topf zu, kippte das Fenster und ging ins Wohnzimmer, um die Balkontür zu öffnen. Ich roch nach Kohl, nicht das Zimmer. Und hier saß ich mitten in meiner eignen Verwandtschaft. Also: Fenster auf. Frischluft ist Parfüm.

Er hatte gewartet. Auf der anderen Straßenseite. Ich war mir sicher. Der Typ meinte eindeutig mich. Als ich losging, ging er auch los. Die Straße war zugeparkt. In den meisten Autofenstern sah ich aus wie ein Clown. Nur bei Honda wie eine Prinzessin. Er machte große Schritte. Als er rüberschaute, schaute ich weg. Der Typ gehörte in eine Welt, von der ich keine Ahnung hatte. Er importierte etwas, einfach so – zur Ansicht.

Nicht so, dass es sich in mein Leben graben würde. Es blieb, was es war: süß und unverständlich, unfassbar.

Wurde mir später klar. Als wir uns im Eiscafé gegenübersaßen. Tisch 5. Die Serbin bediente. Sieben Ringe in jedem Ohr. Immer wenn sie Victor und mich entdeckt hatte, hatte sie gerufen, Zwei Kinderportionen, doppelt Schokoladensoße plus Sahne. Aber jetzt, mit dem anderen, war es, als säßen wir im Niemandsland. Kein Hinweis, dass auch nur einer der vierzehn Ringe mich wiedererkannte.

Aber vorläufig liefen wir parallel. Parallelen überzeugen mich auf Anhieb. Sie überwältigen mich. Geometrien. Symmetrien. Gleichgültig, in welcher Ausprägung – ob Vogelzug, Blüte oder Polizeikette –, ich kann mich nicht entziehen. So durchkämmten wir die Straße, er links, ich rechts.

Es war kurz vor Pfingsten. Wir liefen eine Spur in die frisch gefallenen Blüten. Und als Parallelen gehörten wir zusammen. Teil einer Figur, die ich nicht überschauen wollte. Eine ferne Sirene schlug an. Die Straße war eine Allee. Wir gingen im Schatten von Bäumen. Ringsum taumelten Sonnenflecken wie Reflexe von Discokugeln. Er hatte eine Plastiktüte in der Hand. Ich eine Stofftasche. Voller als seine. Wir gingen etwa gleich schnell. In Gegenfahrtrichtung. Er lief, als hätte er Wanderschuhe an. So, als wisse er nicht, wie lange er laufen muss. Einmal drehte er sich um, lächelte. Deutlich. Ich hatte die Brille nicht auf. Ich wurde unsicher. Ein Gesicht, das mir ohne Brille gefällt, kann mit Brille einfach zu viel sein. Ohne fügt es sich ökonomisch und fein, und mit Brille verschwendet es sich. Wird grob: eine Schlagzeile für was Verkorkstes.

Ich lächelte so undeutlich wie möglich.

Am Zebrastreifen wechselte er die Straßenseite. Beim Grüßen fiel ihm eine gegelte Strähne in die Stirn. Er schob sie zurück. Grüßte noch einmal. Wie eine Folklorepuppe aus dem Souvenirladen. Bewegliche Plastikgelenke an Hals und Hüften. Balzte seine bessere Hälfte an: Mich. Jetzt wegschauen hieße: *Verschwinde!* Er richtete sich auf. Ich nickte wie eine Nonne in Slow Motion. Ich musste rechts abbiegen. Was wusste er? Jetzt denke ich, er hat es gewusst. Ein paar Meter noch. Ich wollte nicht, dass er wusste, wo ich wohne. Ich lief an der Haustür vorbei.

Er flüsterte: Tschuldigung. Entschuldigung.

Ich wartete.

Kann ich Sie kennenlernen?

Ich drehte mich um.

Ja, sagte ich. Aber warum?

Er streckte mir die Hand hin. Von Nahem sah er aus wie aus der Ferne. Nicht schön. Schön, dachte ich, hieße Überfluss. Überflüssig war höchstens seine rotbraune Lederjacke. Er war viel zu dick angezogen. Aber das könnte ich ihm beibringen. Reagieren von einem Tag zum nächsten oder von Stunde zu Stunde. Zwischen Internet, Tageszeitung und TV das Wetter ernst nehmen. Es lohnt nicht, tagelang zu schwitzen, nur weil im Kalender Mai steht. Bei den ersten Zeichen von Sommer wühle ich im Schrank nach Röcken und Sandalen. Hab ich von Victor gelernt. Und er von mir, dass man nicht gleich Tabletten schluckt, wenn es wehtut. Oder wie man Suppe kocht, ohne Beutel und Dose … Das hab ich ihm beigebracht. Dafür er mir, wie man Wein dekantiert, Adressdateien anlegt. Und dass man in meinem Job auch mal ungeschminkt rumläuft. Wir haben irre viel ausgetauscht. Ich glaube, am Schluss waren wir fast Zwillinge.

Entweder der Typ hat nichts anderes im Schrank, dachte ich, oder das ist einer, dem alles egal ist. Ich mag Leute, denen alles egal ist. Die haben die Ruhe weg. Oft sind sie dick und behäbig. Sitzen an heißen Tagen in Kittelhemden auf den Treppenstufen und verscheuchen mit ihren fetten Fingern fette Fliegen.

Seine Hand stieg mir wie ein Luftschiff entgegen. Er wolle mich kennenlernen. Jetzt. Auf der Stelle. Und schon lief dieses Provinzvideo bei mir ab, in dem ich seine Hand nahm. Er: Carlo, ich: Nina. Dann fielen wir auseinander wie die stürzenden Hälften der Brücke von Mostar.

Wir sehen uns. Morgen. Sechzehn Uhr dreißig. Eiscafé, an der Ecke, sagte ich, und ließ ihn stehen.

Mit vier Baby-Zucchini in den Händen vor dem überfüllten Kühlschrank hockend, fiel mir ein, dass ich ihn schon irgendwo gesehen hatte. Beim Italiener, dachte ich. Nach Victors Spätsitzungen. Damals, als es auf einmal Entlassungen hagelte. Und Victor in Dauerpanik, es könne ihn treffen.

Notfalls steigst du bei mir ein, hatte ich angeboten.

War nett gemeint. Wer bewirbt sich schon gern. Man fühlt sich automatisch wie ein Staubsaugervertreter, Staubsauger und Staub in einem. Stell ich mir tierisch vor – die Gestalt.

Aber Victor gleich: Unmöglich. Absolut ausgeschlossen. Mit so viel Materie komm ich nicht klar.

Learning by doing, habe ich gesagt. Bei mir ging's doch auch. Ich habe doch auch mal studiert, *you know*. Und makeln kommt übrigens nicht von Makel.

Weißt du, hat er gesagt, dass ich über vierzig bin?

Red dir nichts ein, hab ich gesagt. Wenn, was ich jetzt denke, heute an diesem Tag, in diesem Jahr, das ist, was ich nächstes Jahr denke oder übernächstes, dann wirst du immer noch über vierzig sein.

Ich wollte ihn beruhigen. Aber er wurde wütend.

Schlag es dir aus dem Kopf, hat er gesagt, wenn das hier schiefgeht, hau ich ab. Nach Berlin.

Und ich?

Du kommst mit.

Eine Woche später wurde er in den Betriebsrat gewählt. Und blieb. Victor war Redaktionsinventar. So immobil, dass wir erstens bis Mitternacht beim Italiener saßen und zweitens ganz entspannt darüber nachdachten, wen seiner Kollegen es gerade eben träfe. Im Schlaf sozusagen.

Trennungen sind schneller als Feuer. Und gefräßiger. Zerfressen die Erinnerung. Bis nach und nach die eine bösartige Geschichte der anderen bösartigen in den Schwanz beißt.

Mein Geschäft blieb davon unberührt. Ich ging ins Büro, Tag für Tag, wie meine Großmutter in die Kirche. Drückte die Knöpfe. Kaffee. Cappuccino, Espresso, Doppio, die Maschine kennt jede Spielart. Herr Viczorek rief an. Hin- und hergerissen vom Seniorenprojekt gehobener Klasse. Herr H. und Herr K. hatten identische Vorstellungen von ihrem zukünftigen Zuhause. Und ich, ich hatte es: das Traumobjekt. AB-4Zi-Kü-Ba-DB-TB-WB-Lärchstr.4-5.-OG-DG-VH-ja. Kaum aufgelegt, klingelte es. Diesmal wegen meiner Annonce. Ob man sich treffen könnte. Die Stimme ergattert einen realen Platz in meinem Terminkalender, genannt: Fred-Fr. 15:30-Hbf.

Was Carlo nicht nötig hatte. Ihm gehörte der Platz in meinem Eiscafé-Kopf. Ich fing an, mir Sätze auszudenken für ihn, aber immer blieb ich in Bildern hängen. Wie er mich in einer adoleszenten Ecke aus weißer Wandfarbe und Graffiti bedrängte, ihn zu küssen. Und wie er sich weigerte, mich bezahlen zu lassen.

Er war kein Kumpel. Kein Kunde. Kein fröhlich bekennender, fast noch junger Vater, wie Victor unbedingt hatte einer werden wollen. Bevor wir ... ich mich ...

Herr Viczorek ruft an. Er habe jetzt gleich ein Gespräch mit dem Kreditsachbearbeiter der Bank. Sein Sohn werde ihn begleiten.

Und danach, sagte er, fälle ich die Entscheidung, eh sie mich fällt. Eigentlich wolle er ja aufs Land, und außerdem fürchte er, betreutes Wohnen mache alt. Aber Ungewissheit sei ja noch schlimmer, diese Unentschiedenheit mache ihn zum Greis hoch zwei. Seine Stimme klang brüchig durch und durch.

Nehmen Sie's mir nicht krumm, Viczorek. In Ihrem Alter aufs Land. Will gut überlegt sein, Herr Dr. Viczorek. Betreut heißt nicht, dass Sie Tag und Nacht treu sein müssen. Von der Anlage sind Sie in null Komma nichts im Grünen.

Das ist mein Text, mein Job, mein Leben. Auf meinen Zettel schrieb ich: Ein Karpfen ist behäbig, aber nicht traurig. Ein Rabe auch nicht, obwohl seine Federn ganzjährig schwarz sind.

Carlo wartete schon, obwohl ich zu früh da war. Die Besichtigung war eine Pleite gewesen. Eigentlich meint man, siebzig Prozent der Termine könnte man sich sparen. Das trügt. Die Leute müssen anschauen, wieder und wieder. Schauen, bis sie eine Anschauung haben. Erst dann kaufen sie. So weit waren der fast junge Herr H. und seine fast junge Frau noch nicht. Sie standen vor dem Gründerzeitbau und schauten, Köpfe im Nacken, hinauf zum 5. OG!

Warum haben Sie das nicht gleich gesagt?

Hab ich doch.

DG ohne Lift. Sie haben es überhört. Vorfreude erzeugt Halluzinationen. Vor Ort sind sie aufgewacht. Undenkbar die Treppe! Undenkbar. Unmöglich. Vor allem jetzt, wo wir schwanger sind.

Als ich seine Lederjacke sah, war ich längst fixiert. Carlo nickte sein Nicken, als wär es sein Hit. Stand auf, reichte mir die Hand. Weiße Haut und der kühle Ton im Haar, so eine Farbe, wie wenn die Sonne aus dem Osten morgens früh über eine Klippe streicht. Kupfern. Immer bleibe ich an den Farben hängen.

Die grellroten Schlieren in seinem Milkshake.

Ich sagte, Dasselbe, bitte.

Wir redeten über irgend und etwas. Das Klima in Mazedonien. Er komme, wie gesagt, aus Mazedonien. Heiße Sommer. Eisige Winter.

Gibt's da Oliven? fragte ich.

Nein, Paprika. Über die ganze Fläche. Nicht wie hier. In Mazedonien stehe Paprika für Stärke, für, ich wisse schon …

Und Brokkoli?

Wieso Brokkoli? sagte er und fing von seiner Großmutter an. In ihrem Garten stehe ein Kirschbaum. Dort treffe sich die Familie.

Und als ich sagte, Ich habe einen, den ich Onkel nenne, der hat eine Kugel im Herzen, wendete er den Blick ab und redete von seiner Arbeit im Restaurant Europa. Zehn bis fünfzehn, achtzehn bis vierundzwanzig Uhr, Montag frei.

Anstrengend, oder, sagte ich.

Und er, Nein. Und, Wie heißt du noch mal, Steffi, oder?

Ich habe ihm meinen Namen buchstabiert und langsam meine Brieftasche geöffnet. Schnell hat er ein paar Münzen auf den Tisch geworfen.

Wir liefen Richtung Park.

Ich sagte, Gefällt's dir hier?

Er rümpfte die Nase, lachte. Manchmal. Ja. Ich kenne ja nicht alles. Und was ich nicht kenne, gefällt mir.

Er nahm meine Hand.

Ich muss dir was sagen, sagte ich. Du musst wissen, ich bin fest mit einem.

Keine Reaktion.

Aber, sagte ich, *you know,* Freundschaft und so! Wenn dir reicht, was du nicht kennst?

Der Park war überfüllt. Wir setzten uns auf eine Bank. Am helllichten Tag auf einer Parkbank sitzen ist ein Verbrechen. Mehr als die UV-Strahlen schadet das stundenlange Sitzen unter schattigen Bäumen im Park.

Scheiß Carlo, dachte ich, wer kann sich das denn leisten. Viczorek war fast so weit. Den müsste ich anrufen. Während die Schatten Carlo liebkosten.

Er hatte sich nach hinten gelehnt, ich saß auf der Kante. Er hatte den Kragen seiner Jacke zurückgeschlagen. Am Hals entdeckte ich ein Muttermal; Italien, Maßstab eins zu fünfzig Millionen.

Ich hab eine Frau, sagte er. In Mazedonien. Die heißt Hattice.

Dann hat er noch von zwei Kindern gesprochen, die Namen weiß ich nicht mehr. Und dass er im Urlaub hinfahre.

Ich sagte, Du bist doch noch gar nicht richtig angekommen, oder. Und willst schon wieder hin.

Was ich damit meine?

Du vermisst sie …

Ja, klar, sagte er, aber nein, eindeutig nein. Ich bin hier. Hier ist hier. Siehst du mich? Er lachte. Du bist hier. Wir sind hier. Morgen Abend gehen wir tanzen.

Wenigstens sagte er nicht essen. Tanzen ist mir lieber, ohne Begründung.

Carlo lehnte sich vor, drehte sein großes Gesicht, Augen geschlossen, zu mir. Rutschte mit dem Arsch nach. Wir saßen vorn auf dem ersten Brett, aufrecht, küssten uns, bis es uns hochzog, wir, Mund an Mund, aufstanden. Wohin, sagte sein Mund in meinen. Wenn wir jetzt eine Decke hätten, eine Fläche, geblümt, *you know*, sagte ich. Er zeigte auf den Rasen. Auf der anderen Parkseite liefen Leute zusammen.

In meiner Tasche fühlte ich den aktuellen Schlüsselbund. Lärchstraße 4, 5. OG. Erstbezug nach Sanierung.

Ich sah ihn hinter mir die Treppe raufsteigen. Auf meine Kniekehlen starren, im leeren Zimmer stehen, die Jacke abwerfen, einknicken und Knie voran auf den Teppichboden fallen. Ich sah ihn mich küssen, knutschen, sich, uns, wälzen, in Kleidern. Herumrollen. Die Kleider verrutschen und werden wahnsinnig in Mitleidenschaft gezogen.

Danach sah ich nur noch mich. Auf den Knien. Den beigen TB mit Wollgütesiegel streicheln, wo er gegen den Strich gebürstet ist.

Ein schriller Ton. Ein langer hoher Pfeifton – setzte ein, brach ab. Mehrmals. Ich konnte ihn nicht orten. Scheinbar kam er aus allen Richtungen. Carlo zuckte die Achseln. Ich zog ihn an der Hand hinter mir her über die Parkanlage.

Die Leute schauten hinauf in die Bäume, nach dorthin, wo eine Krone in die nächste fasste. Ein Gewirr aus Nadeln und Blättern. Schwarz im Gegenlicht.

Der hat Hunger, sagte jemand. Der findet nichts.

Wieder das Pfeifen, so klar und unmodelliert, dass es nicht schwerfiel, sich ein Tier vorzustellen. Nur, welches?

Die Mutter hat ihn verstoßen.

Eine Eule vielleicht?

Eher ein Uhu. Hat er denn Ohren?

Überall denken wir Gestalten hinein. Je weniger Farbe, desto mehr Gestalten, sagte ich zu Carlo.

Es war aber keine Gestalt auszumachen in diesem Scherenschnitt, weder mit Ohren noch ohne. Nur ein ungeheures Muster, das still hin und her schaukelte.

Dieses Jahr ist alles zu früh, sagte Carlo.

Irgendwo flatterte etwas, und das Muster riss einen Augenblick auf und schloss sich im Wind. Als der Ton wieder einsetzte, zog mich Carlo an sich.

Carlo, sagte ich, du musst jetzt los?

Carlo? sagte er. Warum Carlo. James!

James, sagte ich, warst du schon mal in einem Pornokino? Musst du auf jeden Fall hin. Wenn du nie im Pornokino warst, kennst du Deutschland nicht. Gehört einfach dazu. Hör mal, sagte ich. Wir treffen uns wieder, wenn du drin warst. Und dann reden wir über alles, okay?

Im Büro, auf dem Anrufbeantworter, die Nachricht des Tages. Der alte Viczorek hatte Ja gesagt zu 2-Zi-Kü-Waba-WC-8.-OG-HL-u.-Arztprax.-i.-EG. Und zu einem Lift groß genug für den Sarg. Wurde gleich am nächsten Tag geaktet, und meine Provision von 5,7 Prozent fällig. Hinterher auf

Herrn Viczoreks Schicksal angestoßen. Dann nach Hause gelaufen.

Netter Kerl, der Alte. Immer in Schale. Brachte einen Strauß Nelken mit. Siebzigerjahre-Anzug, schlapper Stoff, der den Hosenträgern aus dem Maul hängt. Sehr angenehm weich und verwahrlost. So könnte Victor mal werden. Wenn er wollte.

Und wie seelenruhig hat Viczorek seinen Namen hingeschrieben auf das Papier, das alles, was bisher geschah, beschloss.

Das Ende zwischen Victor und mir war auch nicht mehr als ein Wort. Ein Bild gewordenes. Dann Zellteilung. Dann wie Karnickel im Park. Er sammelte sie in seinem Schreibtisch. In seinem Computer. Und, auch wenn er es bestritt, in seinem Kopf. Ich hätte nur die Schublade aufziehen oder in seinem Computer das Wort Verlauf anklicken zu brauchen. Aber ich wollte nichts damit zu tun haben.

Vor was hast du Angst, sagte Victor.

Ich hab keine Angst. Ich will einfach nicht.

Stattdessen bin ich öfter mal zum Sexshop spaziert. Kam mir blöd vor. Hab vor dem Schaufenster gewartet. Was kann schon passieren, wenn ich reingehe? Einen nach dem anderen hab ich heimlich herzitiert. Victor, James, Viczorek, Herrn H., sogar Fred.

Nach außen war der Laden blickdicht. Immer, wenn die Tür aufging, hab ich versucht reinzuschauen. Das Innen kam mir pudrig vor, hautfarben wie die unendlich langen Bandagen, die Onkel Uwe sich vor dem Spazierengehen immer um die Knie wickelte, um sie dann mit einem mit Widerhaken versehenen Gummiband zusammenzuhalten.

Ein paar Tage später meldete sich James. Auftrag erfüllt. Er war, wo Victor gewesen war. Wir verabredeten uns für den nächsten Tag im Schwimmbad.

Als mitten in der Nacht mein Handy ging, kam ich nicht rechtzeitig ran. Auf der Mailbox die Stimme meiner Mutter.

Bitte komm nach Hause, sagte sie. Onkel Uwe ist tot.

Genau so hatte ich es mir vorgestellt: der Tod, der über die Mailbox in mein Leben tritt. Aber dass meine Mutter so wenig damit klarkäme, hatte ich mir nicht vorgestellt.

Sie hat sich seit Tagen nicht gewaschen, dachte ich, als sie mich vom Flur direkt in die Küche lotste und ich unwillkürlich nach links – ins Wohnzimmer – blickte. Dort ragten zwei Füße in blauen Strümpfen in die Luft. Onkel Uwe auf dem Sofa, wie immer. Meine Mutter setzte Tee auf, den wir zwischen Bergen von schmutzigem Geschirr tranken.

Sie habe nicht damit gerechnet, sagte sie. So mitten am Tag. Urplötzlich. Und dass sie seither versuche, es zu vergessen.

Was sie eingenommen habe, wollte ich wissen.

Und sie, Insidon.

Sie stand auf, begann, die schmutzigen Teller abzuspülen und in die Maschine zu sortieren.

Er ist an der Kugel gestorben, sagte sie. Die hat er sich vor dreißig Jahren ins Herz geschossen. So holen einen die

Geschichten ein. Die Frauengeschichten, sagte sie. Willst du ihn sehen? Sie schob mich in seine Richtung.

Meiner ersten Leiche stand der Mund offen, und die Haut war auf merkwürdige Art aufgedunsen und fleckig. Ich erkannte ihn nicht. Was da lag, verkörperte nichts als seine Abwesenheit. Die Abwesenheit von allem, was ich an Onkel Uwe mochte. Das Vermissen setzte ein wie ein Sturm auf der andern Seite des Erdballs.

Meine Mutter streichelte seinen Kopf. Ich setzte mich zu ihr auf die Sofakante und strich ihm über die Stirn. Ich hätte auch die Sofalehne streicheln können. Oder die Anrichte oder eins der zahlreichen Beistelltischchen.

Ich sagte, Wenn ich könnte, ich würd ihn … *erwecken* wollte ich sagen, aber es kam mir zu christlich vor. Keiner von uns glaubte ans Glauben … herzaubern, sagte ich. Und heute Abend würden wir … *alle zusammen singen,* wollte ich sagen, aber das war es nicht. Fernsehen, sagte ich.

Sie sah mich an. Ich wartete auf ein Zeichen. Dass sie mich gehen ließ. Wartete.

Die Woche drauf saß ich auf meinem Handtuch und wartete auf James. Vor dem Drehkreuz am Eingang des Schwimmbads stauten sich die Massen, und ich behielt es im Blick. Winkte, als ich ihn sah. Er trug dunkle Gläser, und ich winkte noch mal. Er gab mir ein Zeichen. Den flüchtigen Fingerwink eines Autofahrers, der den andern bemerkt hat. Bruchteil einer Sekunde. James verschwand in der Umkleide. Ich rollte mich auf den Bauch. Dann saß er neben mir.

Wir schwiegen.

Ich sagte, dass mein Onkel gestorben sei.

Tut mir leid, sagte er.

Wir schwiegen eine Weile.

Wolltest du mir nicht was erzählen? fragte ich.

Bist du sicher, sagte er.

Du bist dran, sagte ich.

Okay, sagte er.

Die Zählung der Monitore in der Kabine habe ergeben, sagte er: ein Großformat, drei Minis. Ich stellte mir das synchrone Aufleuchten vor, nachdem die Münzen gefallen waren. In Reichweite: die Spenderbox, die Kleenex, und der Plastiksack-gefütterte Eimer. Für die feuchten Papierblüten. Close-up: ein weibliches Geschlecht, gepierct. Rhythmisch penetriert von einer sehr, sehr schwarzen Hand. Mulatte mit Latte sitzt als Betrachter mitten im Bild. Frauenstöhnen. Eine Zunge, gepierct, leckt sich die Lippen.

Zunge und Geschlecht – alte Verwandte, hat Victor immer gesagt. Irritierte Augenblicke. Nicht wissen, wohin zuerst schauen. Hilfe, bei dem Tempo haut es meine Geilheit aus der Auffahrt zur Schnellstraße raus. Mehr, mehr, dachte ich. Schneller, schneller. Mehr sehen und schneller sehen. Alles auf einmal. Auf Knopfdruck tauschen die Bilder die Plätze. Der Zwergensex oben links als Riesengeschlecht auf Augenhöhe Mitte. Und so weiter. Reihum. Meine Augen brennen wie Sonnen. Jeder ist mal dran. Asiatin auf Kissen. Ihr Körper: ein Stoßdämpfer. Beben. Knopfdruck. Russischblondiert auf der Kellertreppe. Hockt auf dem Kissen wie ein rosa Kartoffelsack. Dildo fährt schlagaderabwärts. Passiert Brust und Bauch. Parkt im Rasierten. Knopfdruck. Schwarz penetriert Weiß. Mittelstand sieht zu. Knopfdruck.

Die Asiatin wird auf den Bauch gedrechselt, sagt James. Ihren Arsch zieht sie selbst auseinander. Knopfdruck. Dildo in Blondi. Typ sorbischer Oberstufenlehrer legt Hand an. Knopfdruck. Schwarz und Weiß. Geschlechtersandwich. Double-Mac-Perspektive. Pump, pump. Pump ihn auf den Burger. Exproletariat rückt nach. Knopfdruck. Asiatinnenmund schließt als lyrische Dichtung einen Kreis um den Zapfhahn. Freie Hand massiert Freikörper. Knopfdruck. Blondi im Augenblick der Liebe: Rütteln, Schütteln, Haare hüpfen und Bäckchen und Brüste. Sorbe hat Kartoffelsack geleert. Rumpeldipumpel. Die Kellertreppe hinab. Knopfdruck. Weißschwarzbeige. Triple-Decker-Perspektive. Eine kostbare Balance. Zwei ziehen gleichzeitig. Schwarzes Masturbieren mit hellen Handinnenflächen. Das Weiß im Visier. Weißer als Weiß spritzt auf weiße Augen.

Siebenundfünfzigfünfzig.

Das war's, sagte James. Mein Money war alle. Nicht so ergiebig, oder? Hat mit Deutschland nichts zu tun, oder? Die Frauen sind vom Mond, und die Männer, na ja, Luftnummern, sagt man doch, oder, sagte James. Und alle haben Angst, ihre Jobs zu verlieren … Irgend so was sagte er und schaute auf die Uhr. Ob ich ihn zur Arbeit führe?

Wenn ich könnte, sagte ich, würde ich jetzt die ganze Nacht Münzen in dich reinstecken, und morgen früh stünden wir zusammen auf dem Fischmarkt in Tokio.

So angeturnt war ich von ihm. Eine winzige, lokale Geilheit. Schluck's runter, würde Victor sagen. Nichts, was sich auf mehrere Glieder ausdehnte.

Ich rollte das Handtuch zusammen und fuhr James zum Restaurant.

Ciao James. Meld dich, wenn du Zeit hast.

Und er, James? Wieso James? Chemsi. C-h-e-m-s-i. Nicht mehr und nicht weniger.

Freier Eintritt. Danke schön

Geh schon ran, sagt sie. Geh ran! Dreißig Sekunden Band. Sie legt auf. Wie schon oft. So, dass der Hörer fast splittert. Wütend auf Stephan. Auf sich und ihre Wut. Gäbe es Max nicht, gäbe es Stephan längst nicht mehr. Wenn sie es sagt, sagt sie Step. Das Ende, das nach nichts klingt, hackt sie, wie die Hälfte eines Regenwurms, einfach ab.

Vor zwei Tagen hatte er auf ihr Band gesprochen.

Bitte wecken. Sonntag früh.

Da war etwas in seiner Stimme, das hatte sie an Max, ihren und seinen Sohn, erinnert. Sie hatte zurückgerufen und ein hundertprozentiges Ja auf seiner Maschine hinterlassen. Grundiert von einem zweihundertprozentigen *Ich glaube an dich, trotz allem!* Aber jetzt redet sie wieder mit dem Band. Ein Stück Plastik, denkt sie. Doch warum sich aufregen. Wenn sie bei Tempo 130 in einen Wolkenbruch fährt, wird sie auch nicht wütend. Sie hat es gerne schnell. Früher ist sie Ralleys gefahren. Durch die tunesische Wüste. An ihrem Kühlschrank hängt ein Foto. Kein Erinnerungsbildchen: Sie, Baseballkappe, ganz in Weiß, zwischen zwei jungen Tunesiern in orangefarbener Mechanikerkluft. Dahinter: die unendliche Wüste. Sie hält nichts von ausgestellten Erinnerungen. Das Foto ist Teil des Rituals zwischen ihr und Max. Max ist jetzt sechs, aber sie praktizieren es noch immer.

Wenn Max schläft, sieht er aus wie Step. Sie zieht den Vorhang zur Seite.

Es gibt Dinge, die sind unabänderlich. Dies ist ein neuer Tag. Es ist schon hell. Der elfte August. Oder dass Step der Vater von Max ist. Etwas in ihr ist nicht totzukriegen. Etwas, das sie nicht benennt, viel diffuser als Hoffnung. Aus Glaube gehäkelte Hoffnung. Wenn Step sie um etwas bittet und sie glaubt, sie könne die Bitte erfüllen, springt eine Art Freude in ihr an. So verlässlich wie der Motor ihres Ford Maverick Limited, kaum dass sie den Zündschlüssel dreht. Nicht weniger verlässlich kocht dann ihre Wut hoch, wenn sie merkt, dass sie sich geirrt hat. Unmöglich, für Step etwas zu tun. Er lässt es nicht zu. Lässt nicht mit sich planen. Als Step, als Vater, als Mann, als Freund, als das, was ihr fehlt: Einer, der da ist, wie abgemacht.

Sie schaut zum Fenster hinaus. Die sonntagsleere Straße produziert typische Sonntagswünsche wie Eisessen oder Schwimmengehen. Seit zwei Wochen gleichen sich die Tage, als bestünde die Zeit aus nichts als Farbverläufen und Hitzekurven: Zinnoberrot (morgens), Grellweiß (mittags), und der Abend eine lange Orgie in Blau und Violett. Paradiesvogeltage. Die auf ihrer Haut brennen. Also auch auf der von Max, der jetzt wach wird.

Max in kurzen Hosen. Sitzt schon am Küchentisch vor einer aufgerissenen Packung Kellogg's. Er denkt sich Geschichten aus für die Cover-Figuren. Im Sommer sind es Wintergeschichten, im Winter Sommergeschichten.

Mona gibt nicht so schnell auf. Sie will sich nicht geirrt haben, gleichgültig zu welcher Jahreszeit. Mit einer Hand traktiert sie abwechselnd Wahlwiederholung und Lautsprecher, mit der andern ertränkt sie Honigpops in kalter Milch. Der weiße Strahl reißt die Süßen in die Tiefe, bis sie wieder hochschwappen und an der Oberfläche treiben. Wo Max sie abfischt mit seinem Löffel: kreisrund, klein wie sein Mund, wenn er schreit. Und während alles sich auflöst und weiter auflöst, weil Step, der Penner, nicht rangeht und Mona klar wird, dass auf nichts mehr Verlass ist außer auf die Kellogg's, läuft der Motor heiß, und Max mit seinen sechs Jahren brüllt zurück, dass sie brüllen könne, wie sie wolle, davon würde Papa erst recht nicht aufwachen.

Ich brülle nicht, ich schreie!

Der Hörer knallt auf den Tisch. Das mit beruhigend beworbene Moosgrün der Telefonkarosse (strahlungsdämpfend) zerfällt in seine Einzelteile, die Batterie rollt Richtung Max, der aufspringt und wegrennt vom Tisch.

Im Teller bleibt die Milch. Ein Klassiker, denkt Mona: Leicht verfärbte, kühle Milch, die hektisch in der Schale hin und her schwappt – Denkmal des gekränkten Kindes. Klassisch wie der Schriftzug von Kellogg's und Coca-Cola. Klassisch wie Knochenskelette. Gerippe von kleinen Tieren. Affen oder Katzen, aus dem Versuchslabor. So ist das. Wenn Mona mit den Augen denkt, denkt sie.

Die Sonne gibt ihre Zurückhaltung auf, tastet sich ins Oberfenster. Mona belegt Brote. Klassisch: Käse und Tomaten, wickelt sie in Silberfolie. Sie prüft ihr chromblitzendes

Handy. Kein Anruf, weder an- noch nichtangenommen, keine Nachricht, nichts. Sie stellt den Rufton auf Stufe 5. Sie gießt kalten Limonentee aus der Glas- in die Thermoskanne. Spult die sieben Punkte ihrer Sonntag-im-August-Liste runter: Outdoordecke, Bräunungsmilch, sie nimmt die Finger ihrer handyfreien Hand zu Hilfe: große und kleine Badehose, den Rest haben sie schon an. Alles in die Tragetasche. Eine große, oben offene Stofftasche mit Aufschrift: *Ich bin keine Plastiktüte.*

Max spielt Schaufelbagger. Schleppt eine Spielzeugladung an.

Nein, sagt Mona. Was zu viel ist, ist zu viel. Entscheide dich für eins, sagt sie, und dabei fällt ihr ein, dass Step mal gesagt hat, das Einundalles in seinem Leben sei Max.

Max, der sofort alles, alles außer der neongrünen Maschinenpistole fallen lässt.

Mona überlegt, wen sie um diese Uhrzeit anrufen könnte. Ihr Freundeskreis besteht aus zwei Kategorien: Langschläfer und Mütter. Mütter, auch wenn es Männer sind. Step ist dabei, auf einer kurzen, steilen Geraden von der einen in die andere Kategorie abzurutschen. Jetzt hängt er so dazwischen. Und wenn er nicht aufpasst, fliegt er ganz raus.

Die Langschläfer arbeiten die ganze Woche über in feinen Jobs. Marketingleiter, Firmengründer, IT, PR, Doktor sowieso und Professor irgendwo. Gehen ganz und gar im Beruf auf oder in ihrer Berufung – wie Step. Die Mütter tauschen sich aus. Sie mag die Mütter, so für den Jeden-Tag. In den Zonenrandgebieten der Spielplätze. Die Mütter haben immer einen guten Rat auf Lager. Ob Bauchweh, ob Ohrenschmerzen, sie haben den richtigen Tipp. Nur nicht Step-bezüglich. *Der Mann, der nicht mitzieht,* hat ihn einmal genannt und gesagt, Du hast wenigstens einen zum In-die-Wüste-schicken. Und Mona wusste, sie meinte es gut. Uneingeschränkt. Aber genützt hat es ihr nichts.

Was gäbe sie heute nicht alles für einen ganzen Tag mit einem Langschläfer. Zu zweit allein auf der Liegewiese unter der Sonne. Einander eincremen. Augen schließen, schwitzen, dürsten, liegen bleiben, kurz vor dem Verglühen eintauchen, auftauchen. Dann zum Kiosk. Unter der Weide sitzen, Limo trinken, Leib trocknen, Leute treffen. Kein Max nirgends. Weder mit ihm noch über ihn müsste geredet werden.

Kommst du? ruft sie und schwingt sich die langen, breiten Gurte über die bloßen Schultern. Sieht sich im Spiegel, denkt: Wie hieß die noch mal? In welchem Film?

Von unten stützt sie die Tasche mit der Hand und sagt zu Max, Auf geht's!

Statt zu antworten, steht Max am Kühlschrank. Sie versteht sofort. Setzt sich auf den Stuhl, der es gewohnt ist. Max klettert auf ihren Schoß, legt seinen Kopf an ihre Schulter, zeigt auf das Wüstenbild, sagt: War Max schon da?

Ja.

Aber man sieht ihn nicht, sagt er. Wo ist er denn?

Da, sagt sie und stupst der jungen Frau ganz in Weiß den Zeigefinger in die Mitte zwischen Top und Trainingshose. Da drin.

Aber keiner weiß es, sagt Max. Nicht mal Oma.

Sie lacht.

Papa auch nicht, sagt Max.

Sie lachen beide.

Ist Papa jetzt wach? fragt Max.

Vergiss Papa, sagt sie. Wir nehmen die Sonne.

Mhm, sagt er und klemmt sich die neongrüne MP unter den Arm. Es ist ihm nicht entgangen, dass sie schnell spricht, schneller als sonst in ihre Gummischlappen steigt. Er passt sich an. Er macht den Max, den Stunt. Dreht sich, Rambo-Zambo, durch den Gully hoch, MP voraus, Arme über den Kopf, in den fix und fertig aufgeblasenen Schwimmring, bis ihm die TV-Entchen quer über die Brust hängen wie dem Hohepriester eines Comicstrip-Ordens. Dann trabt er einfach nur noch hinterher.

Die ergrauten Holzstufen des Treppenhauses hinab und durch das Ölfarbengrau der großen Flügeltür, auf das Taubengrau des Trottoirs, von dem Flugratten, wie Step, Max' Vater, sagt, erschrocken in die Bäume flattern.

Die Kasse macht gerade auf. Ein junges Mädchen zieht den Vorhang hinter der Glasscheibe zurück.

Sie sind die Ersten, sagt sie durch den perforierten, vielfach mit Tesafilm überklebten Plastikeinsatz in der Scheibe.

Prima, sagt Mona. Freier Eintritt. Danke schön.

Das Mädchen schüttelt den Kopf. Lächelt zynisch. Aufmerksam wie alle Zyniker. Und wie alle Zyniker kann sie nichts anfangen mit ihrer Aufmerksamkeit. So eine Verschwendung, denkt Mona. Eine Wahrnehmungs-Energie-Verschwendung. Aber letztlich leiden doch alle am selben. Alle kriegen alles mit, nehmen alles auf und wissen nicht, was anfangen damit. Sie sind geblendet von dem, was sie gesehen, zersetzt von dem, was sie gegessen, und zugedröhnt von dem, was sie gehört haben. Sie schiebt das Drehkreuz mit den Hüften an. Zwei rote Papierstreifen in der einen, das Handy in der anderen Hand.

Schlimmer noch, denkt sie. Obachten ist Pflicht. Nur begreifen nicht. *Don't touch!* Teilen ist Pflicht, nur auseinanderfallen nicht. Und wenn, dann in die Einzelteile eines zynischen Alles-ist-nichts-Wissers, denkt sie und sieht Max den Schwimmring über das Drehkreuz werfen wie einen Molotowcocktail. Er selbst kriecht unten durch.

Sie durchqueren den Eingangsbereich, wo ein Mofa und ein Fahrrad stehen. Gehen am Kiosk vorbei, an einer Reihe oxidgrün gebeizter Holzbottiche, in denen Oleander und ein paar traurige Palmen Heimat gefunden haben. Von jenseits der Becken überstrahlt ein gigantischer Screen das Sonnenlicht. Am Ende des grasgrünen Teppichs, der den Eingangsbereich mit der noch leeren Liegewiese verbindet, sitzt der Bademeister – ein Bild von Bademeister. In den eckigen Gläsern seiner Spiegelbrille sieht Mona sich in zweifach schlanker, überlangbeiniger Ausführung auf sich selbst zugehen. Das ist es, was sie schön nennt: zwei Spiegel über einer hohen Stirn unter einer Aureole in den Nacken geölter Haare.

Mona schaut in jeden Spiegel. Ohne Spiegel keine Mona. Laut Step ist sie spiegelsüchtig. Das gehe sogar so weit, dass ein Gespräch mit ihr nur über einen Spiegel möglich sei. Jetzt nutzt sie die Gelegenheit. Sie sieht sich wellenweich über einen prärieartig gestreckten, mit leichter Erdkrümmung versehenen Kunstrasensteg schreiten, der sich weitet wie der Dorfplatz in *Spiel mir das Lied vom Tod* während des letzten Duells.

Als ihr Mobiles summt und vibriert, sieht sie sich in der Tasche wühlen.

Hallo? sagt sie. Hallo?

Der Bademeister hebt den Kopf, und seine Brille schaut in den Himmel. Die Gläser auf seiner Stirn fangen ein Wolkenpaar ein. Die gegen die Sonne zusammengekniffenen Augen versuchen, sich an Max ranzuzwinkern. Der angelt sich Monas Hand. Ohne von ihr zu lassen, dreht Max sich weg, während Mona sich dem optimalen Empfang zudreht.

Step? sagt Mona. Du brauchst gar nichts zu sagen. Du bist die letzte *Nummer unbekannt,* von der ich noch angerufen werde.

Du hättest es nur ein zweites Mal versuchen brauchen, sagt Step. Nur ein einziges Mal mehr.

Hab ich, hab ich doch, sagt Mona. Sieben einzige Male mehr.

Immer gleich dieser Ton, sagt Step.

Okay, sagt Mona. Dann bis dann. Unter der Weide.

In der Umkleide rümpft sie die Nase. Feuchte Kleider, Sonnencreme, Pisse und Schweiß. Dass sie das gern riecht, soll Max nicht wissen. Noch nicht. Erst, wenn er weiß, was es heißt. Was, wenn er in der Schule erzählt, dass seine Mutter sich reinlegen könnte in die dumpfen Düfte: Pipi, Schweiß und nasse Kleider.

Auch Max rümpft die Nase, verzieht das Gesicht. Später, wenn er erwachsen ist, wird er selbst entscheiden, was er mag und was nicht.

Monas Problem: die Wörter MAX und ERWACHSEN. Wären sie Farben, sie würden sich beißen. Wären sie Fliegen, Mona schlüge sie tot.

Sie verriegelt die Tür von innen. Max zieht sich schon allein aus. Mona streift ihr Kleid über den Kopf. Kein Spiegel in der Umkleide. Es bleibt nur die unvollkommene Perspektive. Die des ans Objekt angewachsenen Kopfes. Zu Hause hat sie eine verschlossene Truhe voller Fotos und Videos. Als Studentin hat sie für eine Pornoproduktion gearbeitet, die sich in einer Wohnung des Nachbarhauses eingemietet hatte. Die Häuser standen dicht an dicht und waren durch eine kleine, alte Brücke miteinander verbunden. Von ihrem Küchenfenster aus sah sie auf schmutzige Milchglasscheiben. Menschen sah sie nicht. Aber sie hörte ihre Stimmen. War neugierig, bis sie *Fetish Girl* wurde. Danach fand sie, dass es nicht war, was sie wollte. Immer war sie zu schnell. Ein Geschoss, das auf sich selbst zielte. Und natürlich nie traf.

In der Kabine hängen zwei Bügel mit Netzen. Max wirft seine Kleider auf den Boden und wühlt in der Tasche.

He, aufheben, sagt Mona.

Max kniet sich hin, lehnt den Kopf an ihren Oberschenkel, rutscht zu Boden, sagt, Ich bin eine Katze. Ich bin eine Katze, die nicht unten durchpasst.

Jetzt kratzt er mit den Fingernägeln an der verriegelten Schwingtür. Ein Geräusch, das ihr die Haare aufstellt.

Sie zerrt ihn hoch. Er miaut. Mona lässt los. Wie zweckmäßig mütterlich das alles ist, denkt sie, als sie sich bückt. Bauch und Becken rund und gepolstert, auf- und zuklappbar wie moderne Sessel. Oder Taschenmesser.

Da, sagt Max, als sie in ihre Bikinihose steigt. Er berührt das Muttermal an ihrer Hüfte. Pflaumengroß, hellbraun und behaart. Früher hat sie die Haare abrasiert.

Wenn Max das Mal sieht, muss er es anfassen und sagen, Tut aber nicht weh. Er streicht mit dem Finger drüber. Sachlich und zufrieden. Ein Wissenschaftler, denkt Mona.

Sie gehen über die Wiese zu den Becken. Hinter ihnen, am Drehkreuz der erste Stau. Familien, ältere Männer, Mädchen in Gruppen. Mona hat das Gefühl, alle starrten hinter ihr her. Sie legt Max die Hand auf die Schulter. Sein Kopf in Höhe ihrer Hüfte. Sie versteckt sich. Sie versteckt sich in ihren Gedanken. Sie denkt, Max ist nicht mein, sondern sein Ebenbild. Max, der hin und her schwankende Zusammenhang meines und seines Ebenbildes. In ihm sehe ich mich auf- und untertauchen. Das ist es. Aber er merkt es nicht. Er gibt mir die Gelegenheit, mich in ihm zu verstecken. Das ist mein gutes Recht.

Sie wird alles dafür tun, dass er später, viel später, weiß, wovon sie jetzt nicht redet.

Gehen wir nach hinten, sagt sie. Zwischen Plansch- und Erwachsenenbecken. Dann haben wir beide was davon.

Und Papa, sagt Max.

Geh mir aus der Sonne, sagt Mona.

Das hat er von Step. Dass er beharrlich von dem anfängt, was er nicht ändern kann. Das tut ihr leid. Und sie will nicht, dass er sich stumpf schlägt an ihr.

Sie steuert auf eine Gruppe hoher Bäume in der Mitte des Schwimmbads zu. Zwei Platanen, drei Linden. Unter den Bäumen wächst kein Gras. Vereinzelt gelbe, niedergetrampelte Halme. Die nackte Erde so glatt, dass sie glänzt.

Mona breitet die Decke aus. Max zieht sich Taucherbrille und Schnorchel über den Kopf und stürmt los. Weiter, als sie sehen kann, läuft er nie. Ohne, dass sie es geübt haben. Es steckt tief in ihnen.

Sie bläst die Schwimmflügel auf, als Step anruft.

Sie wisse ja, dass er's momentan streng habe. Warum sie ihm dennoch Vorwürfe mache. Der Sonntag sei einfach tierisch, aber Mittwoch, das könne sie Max schon mal ausrichten, habe er sich ganz, ganz groß ZO-O-LOGISCHER-GARTEN in den Kalender geschrieben. Das könne sie Max schon mal sagen.

Bleib dran und sag's ihm selber.

Die Art ihrer Vernetzung ist ihr ein Rätsel. Über das sie oft nachgedacht hat und nicht aufhören kann nachzudenken. Rätsel verwöhnen die Gedanken, treiben sie an. Halten sie auf Trab, ohne, dass man etwas dafür tun muss. Irgendwo (bitte nicht in den Märchen!) stehen kleine Ebenbildturbinen und versorgen die Rätsel, wie die Rätsel das Denken versorgen. Vielleicht dort, von wo Max' Großmutter das rätselhafte Wort Verstrickung herüberruft. Wenn man beim Stricken die Farbe wechselt, wird ein Knoten gemacht – und zack geht es weiter.

In ihren Strickpausen hat Max' Grossmutter Kreuzworträtsel gelöst. Wenn sie etwas nicht wusste, hat sie gelacht und gesagt, es liege ihr auf der Zunge. Waren alle weißen Felder ausgefüllt, kehrte sie kopfschüttelnd zu ihrem Strickzeug zurück. Ein Rätsel muss gelöst werden, wie ein Faden verstrickt wird.

Für Mona ist ein Rätsel erst dann gelöst, wenn es zu einem nächsten Rätsel geführt hat. Ein Pullover ist nur das Nebenprodukt des Strickens. Das hat sie von ihrer Großmutter gelernt, und das soll Max von ihr lernen.

Max, der jetzt nach dem Handy greift, als wäre es ein Spielzeug, das er sich an den Kopf halten müsse, weil es so in der Spielregel steht, verzieht keine Miene, sagt nichts. Ein kleines Ich aus Kopfschütteln und Nicken. Dann, als habe er das Spiel satt, drückt er Mona das Handy in die Hand.

Kein Saft mehr? fragt Mona.

Versprochen! hört sie Steps Stimme. Hallo? Ganz sicher. Hallo? Bist du noch da?

Nein, sagt Mona und sieht Max davontraben. Das leuchtende Orange der Schwimmflügel. Die Taucherbrille, der Schnorchel, der beim Laufen über seinem Kopf zuckt wie ein aufgeregter Katzenschwanz. Ein seltsam technoider Indianer. Sie sieht ihn einen Fuß über den Beckenrand strecken, sich kurz umschauen, dann steigt er langsam die Treppe ins flache Wasser hinab.

Scheiße! Riesenscheiße! sagt sie in den Hörer. Er freut sich auf dich.

Und das Puzzle geht auch klar, sagt Step.

Welches Puzzle, fragt sie.

Er weiß Bescheid. Bis später.

Sie legt auf, vergräbt das Telefon in der Tasche und geht zum Becken mit den Schwimmbahnen. Alle belegt. Längs und quer. Aus der Ferne leer und blau wie der Himmel, aber wenn man direkt davorsteht, ein chlordampfendes Wasserloch voller Leiber. Nirgendwo täuscht das Auge so gemein wie im Schwimmbad.

Am Kopfende sitzt der Bademeister. So sehen sie heute aus. Sitzen in der Sonne, lassen die Beine ins Wasser baumeln. Ist der Tod durch Ertrinken ein natürlicher? Mona meint Ja. Aber es gibt kein ungestörtes Sterben mehr. Weil immer irgendwer dran verdient, dass du nicht stirbst.

Sie wendet. Spürt das lichtbündelnde Leuchten seiner verspiegelten Gläser im Nacken. Sie spürt ihn noch, seinen Blick, als sie aus dem Wasser steigt, zu ihrem Platz unter die Bäume zurückkehrt. Jetzt ist die Decke eine unbewohnte, von Neid umspülte Insel, ringsum besiedelt. Sie legt sich auf den Bauch. Die Sonne steht hoch. Der Screen überstrahlt sie trotzdem. Der Werbung und einem Comic-Intermezzo folgen zwei Sumo-Ringer. Mona rollt sich auf den Rücken, breitet die Arme aus.

Je massiger ein Körper, hat Step mal gesagt, desto spektakulärer sein Tod – die Leiche. Sie hatten auf dem Sofa gesessen und einen Film über die Obduktion eines Elefanten gesehen. Ein Tierpathologe mit einem Riesenmesser. Und kaum hatte er die Bauchdecke geöffnet, quollen gigantische Därme heraus, und das Messer wirkte winzig. Die Anwesenden hielten sich lachend die Nasen zu. Und das Geräusch der entweichenden Luft, als er in die Därme stach. Sicher aus dem Geräusch-Archiv.

Schwimmbadgeräusche sind ihr lieber. Die vielen fernen Stimmen. Die beste Vorbeugung gegen Katastrophen. Ihre Ohren verweben die einzelnen Töne zu einem Klangteppich, in dem sie sich aufgehoben fühlt.

Den Anfang der Geschichte hört Mona nicht. Sie hört nur eine Stimme, die heraussticht, sich ihr nähert. Eine zweite, die antwortet. Ein Hin und Her. Pingpong. Zwei hell und heller gespannte, auf- und abschwellende Mädchenstimmen.

– Kanntest du ihn?

– Nein. Er ist mir zumindest nicht aufgefallen. Doch kann sein, denke ich. Da und dort in den letzten Monaten. Clubs oder Vernissagen. Aber ich hatte mich wohl abgewendet. Bisher. Instinktiv.

Mona öffnet nur ein Auge, als sei das unauffälliger. Die zwei Mitte-zwanzig-jährigen liegen in geblümten Bikinis auf einer geblümten Decke, keine zwei Meter von ihr entfernt, und wie sie auf dem Bauch.

– Und?

– Was und? Ich hab erst mal durch ihn durchgeschaut.

– Und, hat er was gesagt?

– Nein, nichts. Hat mir ein Flugblatt in die Hand gedrückt. *Königreich Gottes*, dachte ich und dachte noch: einfach Hand ausstrecken und freundlich bleiben. War so 'ne Art Powerpointvorlage. Links oben ein Bild von mir, so 'ne Art Straßenschnappschuss, links unten eins von meiner Mutter in ihrem Atelier. Sah ein bisschen so aus, als hätte er's aus dem Netz gefischt. Dazwischen sein Text. Irgendwas von Frauen, die von Männern leben. Von Teufelsbraut und Teufelsbrut, von Vererbungsketten und Inzucht der Eliten und immer mal ein Wort fett und dann eins mit Großbuchstaben, und dann was unterstrichen und ein Haufen Ausrufezeichen. Eigentlich Eigenwerbung. So Aktionskunst à la Wiener Gruppe. Mit Körperflüssigkeit. Und ein paar Sätze Gereimtes. So Richtung: Hab Not, kein Brot und Berufsverbot.

– Klingt doch eher, als hätte er die falsche Pille erwischt?

– Ja, hätte auch gut zu seinem Lachen gepasst.

– Oh Mann, was 'n Alptraum.

– Allerdings.

– Hast du gefragt, was er will?

– Ja klar. Hab gesagt, dass es sich wohl um Verwechslung handle.

– Und?

– Hat sich umgedreht und auf der Straße rumagitiert. So sein Flugblatt verteilt. Ich stand da wie angepoppt und ausgestellt.

– Und?

– Nichts und! Nachdem er drei Wochen lang überall aufgetaucht ist, wo ich aufgetaucht bin, dachte ich, wir sind ein unheiliges Paar. Hab's dann irgendwann meiner Mutter erzählt. Aber die hat gut reden, von wegen ignorieren und so. Immerhin hat sie mich komfortabel zum Essen eingeladen. Zum Nachtisch hab ich ihr verklickert, dass der vor meinem Haus rummacht. Und sie, Na du wohnst ja immerhin zweiter Stock. Und ich: Ja, und wenn er auf den Baum klettert? Und sie gleich: Baumkronen habe sie schon immer gemalt als gigantische Röcke. Und wenn ein Mann da hochklettre, dann und so weiter, du weißt schon. Immer alles sexuell und so. Typisch Mama. Und danach hat mich dann ihr Neuer nach Hause gefahren. Nur zur Sicherheit. Und als er noch mit hochkommen wollte, hab ich gesagt, er soll lieber vor dem Haus warten, bis ich Licht an – und gleich wieder aus – gemacht hab. Hat aber auch nichts geholfen. Es steht ja im Netz, wo und wann ich unterwegs bin mit meinen Straßenumfragen für TV-Machbar-Herr-Nachbar.

– Und dann?

– Nichts dann. Dann stand der Typ da. Unten vor meinem Haus. Hat im Dunklen hochgeschielt zu meinen noch dunkleren Fenstern, der Arsch.

– Allerdings.

– Ich also 110. Vor meinem Haus steht ein Stalker. Ob ich den kenne. Und ob, sonst würde ich ja nicht anrufen. Wie er aussehe. Im Dunkeln wie eine Fledermaus, sonst so was Getackertes im Blick. So was Fanatisches, Lee-Harvey-Oswald-Mäßiges, sag ich. Und der Beamte fragt, was der wolle. Woher soll ich das denn wissen. Und der nur, Wo steht er denn jetzt? Ich sage, Na genau gegenüber von meinen Fenstern.

Unter dem Baum auf der anderen Straßenseite, wo der Park anfängt. Ja, sagt der Beamte, das sei öffentlicher Raum. Mehr kommt da nicht. Na ja, ist ja auch keine Hotline.

– Weißt du was?

– Was denn?

– Du ziehst zu mir, dann gafft er ins Leere.

– Und was sag ich meinem Redakteur? He, Vic, die Männer für dein wöchentliches Online-Portal, die musst du jetzt selber ausquetschen, und baden geh ich nur noch in die Wanne, und Urlaub nur noch bei Mama im Garten oder bei Papa auf Ibiza oder was?

– Ja, und?!

– Was und? Und wenn er hier auftaucht? Ist ja hier auch öffentlicher Raum und so.

– Ja, Scheiße! Aber wofür gibt's denn den Bademeister.

– Der hat andre Sorgen.

– Meinst du? Wär' aber doch 'ne Gelegenheit, ihn mal …

Die Mädchen lachen.

Als ein Kind laut nach seiner Mama schreit, rollen sich die Mütter auf die Seite und quälen sich wie choreografierte Pinguine auf die Ellbögen. Mona ist als Erste auf den Beinen. Sprintet auf Zehenspitzen, der Hummeln wegen, zu den Becken. Wie als Max noch klein war und sie nach der Gutenachtgeschichte in die Küche sprintete. Das Teewasser war längst verdampft, aber der Topf vielleicht noch zu retten. Und dann Step mit seinen Sprüchen: Auf jeden Topf muss ein Deckel, ha, ha. Dann hört man's klappern.

Ach, sagt der Bademeister. Die Mutter von Max, wenn ich mich nicht irre. Immer an vorderster Front.

Mona dreht sich um. Hinter ihr die Mutterschar auf dem Heimweg zu ihren Inseln. Vor ihr zwei Jungs, vier Hände, die einander durch die Luft jagen. Und ein Mann, der alles im Griff hat.

Ja, sagt sie, hätte ich mir denken können. Und, Danke, dass Sie die Monster bändigen konnten.

Max sagt, das hier ist der Gustav, weißt du, der ist genauso alt wie ich. Der gehört zu dem da. Er zeigt auf den Bademeister.

Und Mona meint, sie nähme sie jetzt mal mit, die beiden, als Dank sozusagen, auf zwei Eis am Stiel.

Habt ihr ein Glück ..., sagt der Bademeister und schaut Mona an.

Auf der langen, wackeligen Bank, wo sie immer Angst hat, dass, wenn einer aufsteht, das Gleichgewicht kippt, sitzt sie den Jungs gegenüber, die sie zu Größerem überredet haben. Zu zwei Eismännchen mit Himbeersoße und Sprühsahne, die sie ablöffeln und vergleichen können. Ein Spiel wie das mit den Wolken, nur schmackhafter.

Sie schaut in das Blattwerk der Weide hinauf. In das unfassbar lebendige Muster aus Blättern und Licht. Wie die blühenden Bikinis auf der Blütendecke der beiden Mädchen. Sie kennt nur die Mitte ihrer Geschichte. Den Anfang kennt sie nicht. Das Ende aber, denkt sie, das Ende ist, wenn es glückt, ein Bilderrätsel.

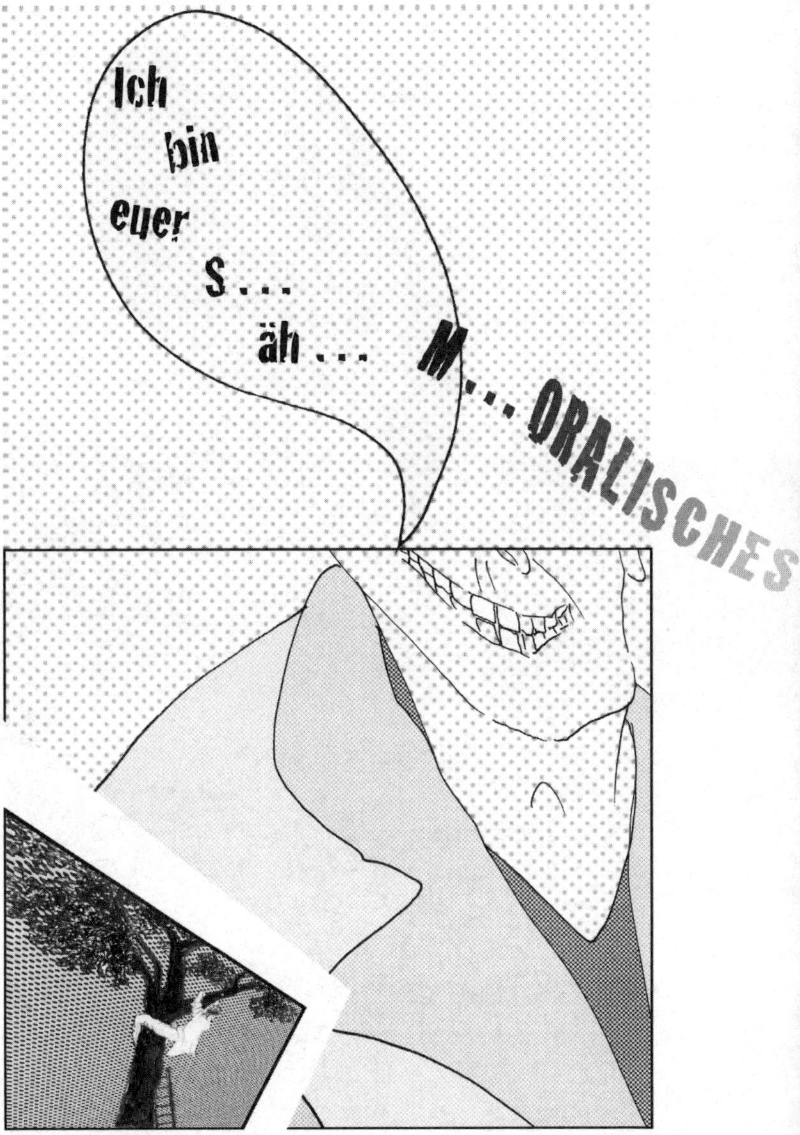
Ich bin euer S … äh … M … ORALISCHES

die Fliege !

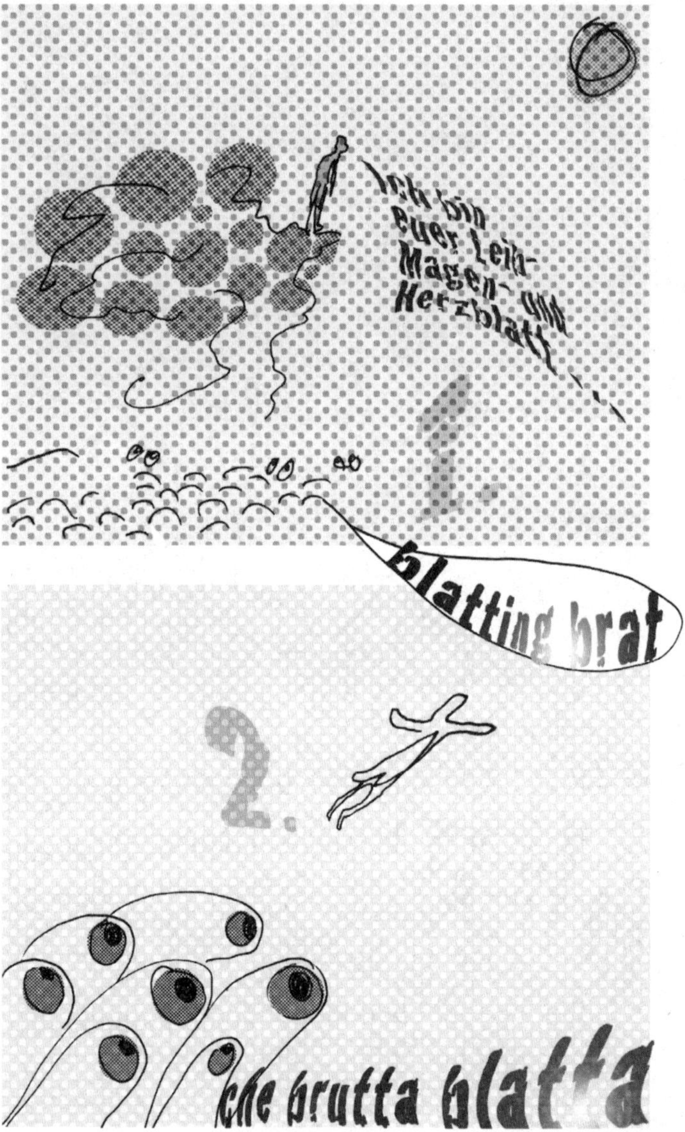
Ich bin
Euer Leib-
Magen- und
Herzblatt
1.
blatting brat
2.
che brutta blatta

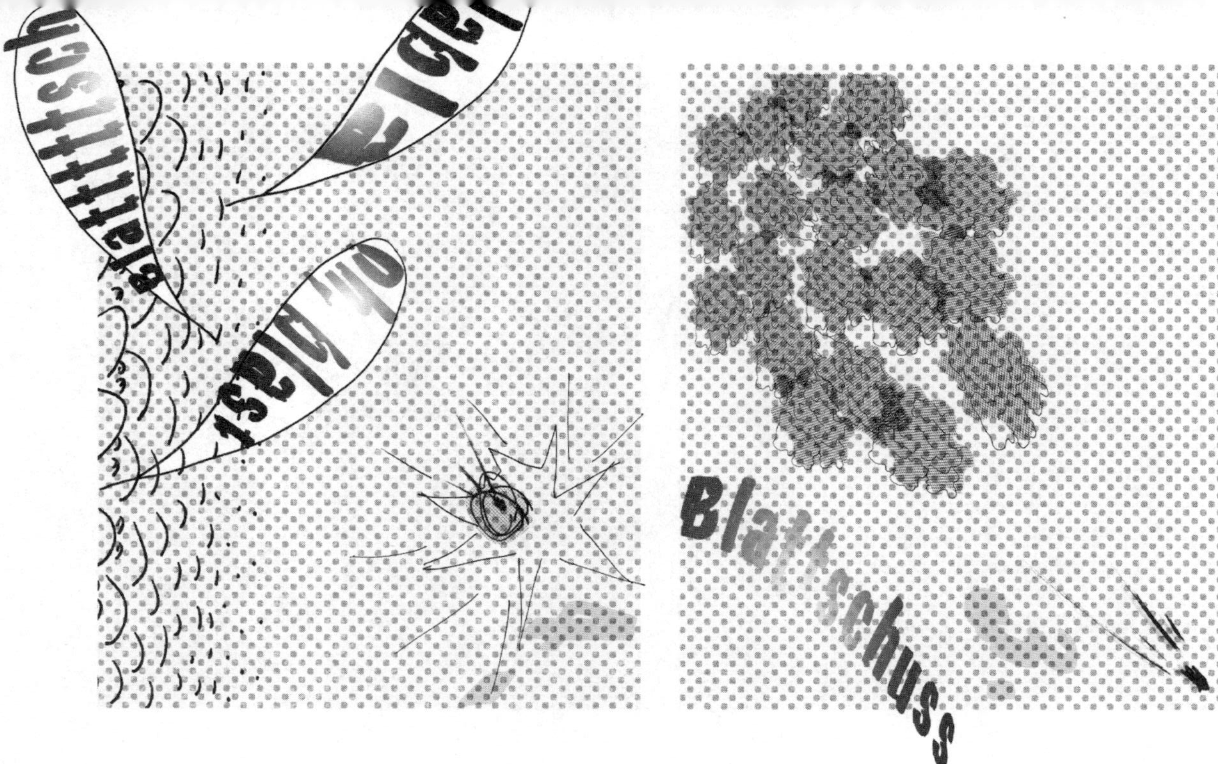
oh blast
Blattschuss

Отъебись со своей задристанной листовкой
Hcst-tttt-alb

»I'll make of you what you want to be«

Nachdem meine Anzeige im Stadtmagazin erschienen war, meldeten sich täglich mehr Menschen. Ich wollte hinter die Kulissen schauen. Hinter die Großstadtkulisse, hinter die Mietshauskulisse, hinter die Kulissen der vielen, hinter die Kulissen derer, die in den Cafés sitzen, die U-Bahn fahren, hinter die Kulissen all jener, die, wie ich, per TV versuchen, hinter die Kulissen zu schauen.

Jetzt bin ich auf Wochen ausgebucht. Wildfremde rufen mich an, kommen ins Studio, erzählen, wer sie im Innersten zu sein glauben, während sie sich ausziehen vor mir, oder an oder um, und sich ablichten lassen. Von allen Seiten. Die, die sich nackt auf einem möglichst überlebensgroßen Poster sehen wollen oder fast nackt oder mehr oder weniger verkleidet, die hatte ich geahnt. Posen à la Playboy oder -girl, zurückgelehnt, hingestreckt entspannt oder mit schwellendem Brustmuskel, Bizeps oder Po. Sanft beleuchtet, in Stoffe drapiert, elegant aufgebahrt. Stimmungsvoll stille Leben. Und ich habe schnell begriffen, worauf es ankommt: Sie wollen das, was sie von sich denken, loswerden, und das, was sie von sich denken, ist, denke ich, das, was sie von anderen denken. Dann nehmen sie Zauberstab oder Fleischwolf und rühren so lange, bis unten ein dickes mit Phantasie gewürztes Individuum rauskommt.

Also pixle ich Schatten, Falten, Flecken, Warzen und Fettwülste von den Körpern, setze weiche Schlagschatten, verschiebe Strukturen identisch, filtre Filter. Bei Aschblond selektive Farbkorrektur, ein wenig mehr Gelb und weniger Blau in den Grautönen. Um die braunen Augen einen irisierenden Kranz, in die blauen ein bisschen Wärme.

Ich straffe Konturen von Müttern und Vätern. Und komme mir selbst wie eine Über-Mama vor, die ihren Kindern Kostüme schneidert.

Wenn einer nicht weiß, was er will, halte ich in einem Album verschiedene Anregungen bereit. Muster, meist Postkarten, Motive aus der Antike, der klassischen Moderne, frühe Renaissance, ein wenig Barock. Ab 1910 sanfter Übergang zu fotografischen Vorlagen.

An einem strahlenden Septembertag (das gute Wetter spielt immer eine entscheidende Rolle) kam ein Pärchen, Thomas, Verwaltungsangestellter aus H., und Jana, Sekretärin einer Anwaltskanzlei. Wollten natürlich zusammen aufs Bild. Nur wie?

John und Yoko?, meinte er zaghaft.

Und Jana schmetterte laut lachend diesen und alle weiteren seiner Vorschläge ab, bis er endlich nichts mehr sagte. Ich ließ die beiden in meinem Album blättern. Bei der Darstellung von »Judith und Holofernes« schlug Jana mit der flachen Hand auf Thomas' Rücken und sagte: So! So oder gar nicht!

Nachdem ich die beiden im Studio aufgenommen hatte, fand die eigentliche Enthauptung im Computer statt. Ich arbeitete trotz strahlendem Spätsommerwetter eine geschlagene Woche.

Jana und Thomas waren beeindruckt, als sie ihr blutiges Spektakel in der Größe von 150 mal 120 abholten. Sie zahlte die Tausendzweihundert, die ich berechnete, bar. Er die Dreihundert für den Rahmen – so breit wie ihr erstes gemeinsames Sofa.

Ich wollte sofort ins Schwimmbad. Der Nachmittag war glühend heiß und ich schlapp wie die Bäume vor dem Fenster. Ich kramte unter einem Haufen überzähliger Ausdrucke nach meinem Schlüsselbund, als aus dem Nichts ein Mann auftrat. Ein schüchterner, der beraten werden wollte.

Die Beratung wird, falls es zum Auftrag kommt, angerechnet, sagte ich freundlich und begann mit den üblichen Fragen: Wozu das Bild, als Geschenk oder Selbsterfahrung?

Er gab keine Antwort. Schüttelte immer wieder den hübschen Kopf mit den schwarzen Locken. Nach einer halben Stunde wusste ich nicht mehr, ob es die Hitze war, die mich nervös machte, oder der junge Mann, die magische Kombination von Spätsommer und Jüngling.

Ich schätzte ihn auf etwa zweiundzwanzig, Grieche vielleicht, dachte ich, oder Türke, dritte Generation. Perfektes Deutsch. Der Süden, wie er im Prospekt steht. Mit einem Hauch Osten. Schade, dass er Kunde ist, dachte ich. Sein Gesicht und meine Ideen. Das wäre es gewesen.

Auf jeden meiner Vorschläge reagierte er mit einem so hinreißenden Lächeln, dass ich sofort überzeugt war, es gäbe eine noch viel bessere Idee.

Nach und nach stapelten sich die verworfenen Ideen zu einem scheinbar unüberwindlichen Nichts. Eine Weile lang saßen wir einander gegenüber. Keinem fiel mehr etwas ein. Ich spürte, wie er ein Lächeln unterdrückte.

Er sagte, Jetzt bin ich wahrscheinlich durchschaut.

Und ich, Naja, sagen wir mal so, deine Vielseitigkeit ist etwas erschöpfend.

Und er darauf, Weißt du, ich will mich doch nur einfach mal sehen, wie ich bin.

Das war prinzipiell kontraproduktiv. Aber ich machte dennoch ein paar Probeaufnahmen. Einmal rund um den Kopf herum und abgespeichert.

Wenn du jetzt das Auftragsformular unterschreibst, sagte ich, während ich den Computer abschaltete und ihn im Spiegel des abgedunkelten Desktops dabei beobachtete, wie er mich beobachtete, dann werde ich mir noch etwas einfallen lassen für dich. Aber entscheiden musst du dich.

Okay, sagte er.

Zu Hause durchwühlte ich meine über das Tagesangebot hinausreichende Postkartensammlung. Immerhin wusste ich noch, was geschehen war. Er hatte vor meinem Tisch gestanden, und ich hatte hinaufgeschaut, denn er war sehr groß.

Jetzt, allein auf meinem Sofa, die Probedrucke vor mir, fällt mir auf, wie schmal er ist. So handlich, fast wie eine

Puppe. Kompakt wie etwas Uraltes, aber grazil, rundum gewölbt, wie ausgeschnitten aus einer völlig anderen Luft als ich. Und wie deutlich ihn diese Luft umgibt von allen Seiten.

Das ist der Einfall.

Sofort schreibe ich ihm: Hier ist meine letzte Idee. Ich sehe dich als Faun, diesen antiken Gott mit Hörnern und Hufen. Er ist so schön, dass er die Menschen in Panik versetzen kann. Ich lege dir eine Kopie bei. Das Wichtigste beim Shooting ist deine Haltung (diese ganz starke S-Kurve, wo das Kreuz ins Hinterteil übergeht). Keine Angst, das kriegen wir hin. Dein Haar passt sowieso. Alles Fabelhafte, der vordere und der hintere Schwanz, verzeih mir, aber wie soll ich es sonst sagen, sowie die Hörner, nehmen wir von der Vorlage. Und bitte bring zum Shooting ein Handtuch mit.

Zum vereinbarten Termin erscheint er pünktlich. Er verschwindet hinter der spanischen Wand, die als Umkleide dient. Es dauert ziemlich lange, und ich rufe, Lass die Unterhose ruhig an, wenn du magst.

Ich stelle die Kamera in den größtmöglichen Abstand, schiebe die Schenkel des Stativs auseinander und warte. Wundere mich, wie gespannt ich bin und wie das Warten plötzlich Spaß macht. Fast hoffe ich, dass er nie hinter dem Vorhang hervorkommt. Ich höre den leichten Stoff seiner Kleider. Ich höre seine Schritte. Er geht zum Podest, steigt mühelos hinauf. Er stellt sich sofort ins Profil. Hebt den Arm wie zum Gruß, neigt den Kopf, bis sein geöltes Haar einen Fächer bildet. Er verlagert das Gewicht auf den linken Fuß.

Ich nehme ihn nur kurz als ganze Gestalt wahr, dann bleibt mein Blick an einzelnen Punkten hängen, als müsse ich überprüfen, was ich längst gesehen habe: Sein wie eine Schanze gebogenes Kreuz. Abwärts gewölbt der hintere Schwanz. Hinauf bis an den Nabel der vordere. Er schwankt noch einmal leicht, dann steht er still, der Jüngling. Nur meine Augen bewegen sich: huschen wie ungläubige Mäuse über die Wirklichkeit, springen zurück auf den Kontrollmonitor der Kamera, entzückt, dass gleich alles im Kasten ist, damit ich es endlich begreifen kann.

Alissa Walser

Dies ist nicht meine ganze Geschichte

Roman. 112 Seiten.
Piper Taschenbuch

Eine junge Frau steht in allen Geschichten im Mittelpunkt. Sie trifft sich heimlich mit ihrem Geliebten im Hotel. Sie arbeitet als Fotomodell. Sie kauft sich einen Liebhaber. Sie lernt am Flughafen den schönsten Mann ihres Lebens kennen und erzählt ihm ihre Phantasien. Sie verschwindet mit ihrem Geliebten von dessen Hochzeitsfeier. Alissa Walser erzählt von ebenso heftigen wie flüchtigen Liebesbegegnungen, denen die Melancholie der Vergeblichkeit anhaftet.

»Alissa Walser kann erzählen.«
Die Zeit

05/2614/01/L

Alissa Walser

Am Anfang war die Nacht Musik

Roman. 256 Seiten.
Piper Taschenbuch

Wien, 1777. Franz Anton Mesmer, der wohl berühmteste Arzt seiner Zeit, soll das Wunderkind Maria Theresia Paradis heilen, eine blinde Pianistin und Sängerin. In ihrer hochmusikalischen Sprache nimmt Alissa Walser uns mit auf eine einzigartige literarische Reise. Ein Roman von bestrickender Schönheit über Krankheit und Gesundheit, über Musik und Wissenschaft, über die fünf Sinne, über Männer und Frauen oder ganz einfach über das Menschsein.

05/2685/01/R